Coverillustration :
Fusanosuke Inariya

Cocktail Kiss Label

孤独を知る魔法使いは
怜悧な黒騎士に溺愛される

火崎　勇
Yuu Hizaki

この物語はフィクションであり、実在の人物・団体・事件等とは、いっさい関係ありません。

Contents

イラスト・稲荷家房之介

孤独を知る魔法使いは
怜悧な黒騎士に溺愛される

その日まで、私は幸福だった。

ルスワルド伯爵家の長男として生まれ、優しい両親と五歳年下の可愛い弟、親身になってくれる召し使い達に囲まれて穏やかな日々を過ごしていた。

ルスワルド家は魔力に長《た》けた家で、父も魔法が使えた。

なので私も五歳の時に魔力測定を受け、魔法使いの資質ありと判定されていた。しかも保有魔力が多いので、是非魔術の塔に来るようにと誘われた。

けれど父は子供のうちは手元で育てたいからと、私を家に置いてくれていた。

魔術の塔とは、王城に隣接する有能な魔法使い達の集まる場所で、王都から離れた領地で暮らす私にとって遠くて恐ろしい場所のように思えた。

だから手放さずにいてくれた父に感謝していた。

弟のロイアンスが生まれた時は、この世の中にこんなに可愛い存在があるのかと喜んだ。

私や父と同じ銀色のふわふわな髪、瞳の色は紫色の私や父と違い、母に似て緑だけれど真ん丸でキラキラして。歩けるようになるとどこへでも私の後を付いてきた。

喋《しゃべ》れるようになると、私のことを『エルにーたま』と呼んだ。

まだ舌が短くて『エリューン』を『エルーン』と言ってしまうからだ。

それがまた可愛くて、ちゃんと喋れるようになっても『エル兄様』と呼ばせていた。

私を『エル』と呼んだのは、後にも先にもロイアンスだけだ。

私は、ロイアンスを『ロイ』と呼んでいた。これは両親も一緒だ。

私が十歳になった時、魔術の塔から先生が派遣されてきた。

魔力は誰にでもあるもの。けれどその量は個人によって違う。

人間の身体を樽《たる》に譬《たと》えると、そこに入っている水が魔力で、蓄えている水の量に個人差があるということになる。でも空っぽの人はいない。底にほんの少しだけでも、魔力はあるものなのだ。

けれど魔法を使えるのは一握りの人間だけ。

それは魔力を放出する蛇口が樽の上の方に付いていて、水がそこまで蓄えられていないと蛇口を捻《ひね》っても水が出ないように、魔法は使えないからだ。

そして蛇口から水が出せるようになったら、適量を取り出す方法を覚えなければならない。水を出し過ぎれば樽が空になり、死んでしまう。水は生きるのに必要だからそこにあるのだ。反対にたくさん水があるのにちょっとしか出せないのはもったいない。

だから蛇口の開け方、締め方、つまり魔法を覚えなければならないのだ。

魔術の塔からやってきた先生は、私の魔力量は多く希代の魔法使いになれるだろうから、早急に魔術の塔へ来るようにと言って帰っていった。

父も、それがいいだろうと言い、私も同意し、夕食の席でそれを皆に説明しようということになった。

執事《しつじ》は先に話を聞いていたので、夕食を門出の祝いの席とし、何も知らないロイアンスはいつもより豪華な食卓に喜んでいた。

けれど……。

父が私が王都の魔術の塔へ迎えられ、この家を離れると説明した途端、ロイアンスは癇癪《かんしゃく》を起こした。

元々気性の激しい子だが、いつもなら可愛い我《わ》が儘《まま》と笑って済ませられたのに、その時は火が点いたように叫び続けた。

「や、なの！　エル兄様はずっとここにいるの！　ロイを置いていかないの！」

母やメイド達が、お休みには戻ってくるとか、いつかロイアンスを王都に連れて行ってあげるからと執り成しても、彼の癇癪は収まらず、終《つい》に父が声を荒らげた。

「いい加減にしなさい！」

その時だ。

ロイアンスの身体が青く発光した。

銀色の髪も青みがかって逆立つ。

「ロイアンス！」

父が弟の名を呼んだけれど、ロイアンスは一声叫んだだけだった。

「いやなのーっ！」

小さな身体が燃え上がる。

物凄《ものすご》い風を感じて、反射的に習ったばかりの防御結界を張った。

母はロイアンスの小さな身体を抱き締め、父は弾き飛ばされ、召し使い達が逃げ惑い、テーブルの上の料理も、テーブル自体も舞い上がる。

部屋の中で嵐が巻き起こったようだった。

次の瞬間、私以外の全員がロイアンスと同じ炎に包まれ、天井が崩れてきた。

「……エ…さ…ま……」

強い衝撃の中、微《かす》かにロイアンスの声が聞こえた気がした。

けれど私はそれに答えることができなかった。

結界を張ったとはいえ、まだ未熟な魔法では全てを防ぐことができなかったのか、飛ばされ、どこかに身体を打ち付けて気を失ってしまったから。

その後は、夢の中を彷徨《さまよ》っているようだった。

目を開けても続く真っ暗な闇。

聞いたことのない人の声。

馬車の音。

目を開けると今度は光があったが、最初は焦点が合わず自分がどこにいるのかもわからなかった。何度か目を開ける度に目に入るのは違う風景だった気がする。映る色が違ったので。

父と母はどうしただろう。

ロイアンスは？

あの光景は夢？　現実？

身体の痛みが引き、はっきりと目が見えるようになると、視界に数人のローブを着た大人達が私を見ているのが映った。その中には王都から来ていた魔法使いの先生もいた。

彼等は冷たい声で何が起こったのかを説明しろと詰め寄った。

私は自分の見たものが夢か現実かもわからないと言ったのに、容赦なく質問が飛び、何度も同じことを説明させられた。

彼等にも、何が起こったかわかっていなかったのだろう。

尋問《じんもん》のような質疑が終わった後、魔力を回復させるという薬を飲まされてやっと落ち着くことができた。

見知らぬベッドに寝かされ、上品だけれど愛想のない召し使いに世話をされ、誰も何も説明してくれないまま変わらぬ日々が過ぎてゆく。

この頃になると、私は何となく理解してきた。

ここがどこだかはわからないけれど、あの光景は夢ではなかったのだと。

家族や召し使い達が生きているのか死んでしまったのかすらわからないけれど、あれは実際に起こったことだったのだ。

ベッドから起きられるようになったけれど部屋からは出してもらえないまま数日が過ぎた後、朝から礼服に着替えさせられた。

「何があるのですか？」

どうせ答えてはもらえないだろうと思ったのだけれど、着替えを手伝ってくれたいつもより愛想のある召し使いはあっさりと答えてくれた。

「オーガス殿下がエリューン殿のお見舞いにいらっしゃるのです」

「殿下……、第一王子のオーガス様が、ですか？」

「はい。くれぐれも粗相《そそう》のないように」

「……はい」

ドキドキした。

私はまだ社交界に出たことはなく、王族と見《まみ》えるのはこれが初めて。

第一王子といえば、雲の上の方ではないか。その方がわざわざ私の見舞いにいらしてくださるなんて。

緊張しながら待っていると、侍従《じじゅう》の先触れがあって、その方は現れた。

真っ黒な髪の、威風堂々とした青年は立ち上がって挨拶をしようとする私を手で止めた。

「座っていろ。まだ身体が本調子ではないだろう」

「……お気遣い、ありがとうございます」

私の正面に王子が座り、彼の背後に彼と同じ歳くらいの、やはり黒髪の青年が立つ。きっと側近だろう。

そして少し離れた椅子に屋敷を訪れた魔法使いと、彼よりも立場が上そうな老齢の、ローブを着ているから恐らく魔法使いであろう白髭《しらひげ》の男性が座った。

「エリューン・ルスワルドで間違いないな？」

「はい」

「俺が誰だか聞いたか？」

「オーガス第一王子殿下であらせられます」

「堅苦しい言い回しはいい。わかってるならよく聞け。お前の身柄は城で預かることにした」

殿下が言うと、魔法使い達はピクリと頬を緊張させた。けれど何も言わない。

「お前の身に何が起こったかはわかっているな？」

「……いいえ」

私が答えると、殿下は魔法使い達を振り向いた。

「説明していないのか？」

「幼い身には憐《あわ》れかと思いまして……」

「いずれ知るなら教えるべきだ。怠慢《たいまん》だな」

「申し訳ございません」

視線を私に戻し、彼は青みがかった黒い瞳を私に向けた。

「お前の弟が魔力暴走を起こして、お前の屋敷は崩れ去った」

膝に置いた手が、意図せず震える。

やはりそうだったか。

「家族や召し使い達はどうなったのでしょう……」

「全員亡くなった。遺体の損傷が激しく、葬儀は領地で既に済ませている。よって、お前が今代のルスワルド伯爵だ」

亡くなった……。

屋敷も崩れた。

葬儀も終わっている。

あまりの出来事に言葉が出ないでいると、殿下の背後にいた青年が殿下に何事かを耳打ちした。殿下が頷き、青年が出て行く。

「マードルがお前を見に行った時、お前の魔力量の多さに驚いたそうだ。ルスワルド伯爵は魔法が『使える』という程度だったが、息子のお前は是非魔術の塔に招聘《しょうへい》したいと思うほどだったらしい。だから、弟の魔力測定をしなかった」

マードルとは、屋敷を訪ねてきた魔法使いの名だ。

先生と呼ばれるほど地位のある人を呼び捨てにすることで、上下関係を印象付けている。

「お恥ずかしい限りです。ですが、ルスワルド伯爵はエリューン殿を正しく導いておいででしたので、安心しておりました。弟殿が十歳になったら、同じように測定に向かおうと……」

「目の前に逸材がいたからと浮かれたわけだ。測定だけでもしておけば悲劇を免れることができたかもしれないのに」

殿下が、マードル先生の言葉を遮《さえぎ》って辛辣《しんらつ》に言い放つ。

「だが、エリューンに防御結界を教えていたことだけは褒めてやろう。どうせどこまでできるか試してみたいという好奇心からだったのだろうが、彼の命が救えた」

そこへ先ほどの青年が戻ってきて、私に近づくとカップをテーブルに置いた。

「飲みなさい。大人ばかりで緊張するだろう。身体が温まる」

「……ありがとうございます」

お礼を言って一口飲むと、自分で思っていた以上に喉が乾いていることに気づいた。渇きではない。口の中が乾いていたのだ。

青年は私がカップに口を付けたのを見ると、再び殿下の背後へ戻った。

どうやらさっき耳打ちしていたのはこのミルクを取りに行くために席を外す許可を取っていたらしい。

殿下はちょっと怖いけれど、この人は優しい人なのかも。

「エリューン。お前の今後のことだが、嫡男《ちゃくなん》が生きている限り、ルスワルド伯爵家はお前が継ぐことになる。だがお前はまだ十歳だ。保護者が必要だし、領地の経営は難しい。魔術の塔もお前を必要としているようだ。なので、領地を含めてお前を王家の預かりとする」

「殿下！」

マードル先生が異論を唱えるように声を上げる。

けれど殿下はそのまま続けた。

「魔術の塔の連中によると、お前には類を見ないほどの魔力量があるらしい。幼く、爵位と領地も持っている上、容姿も少女と見まごう美しさだ。となればよからぬ考えを持って近づく者も出てくるかもしれない。希代の魔法使いになるかもしれない者は大切にしないとな。だから正式に王家の預かりとする」

「……あなたを守るために王家が後ろ盾になる、という意味です」

殿下の言葉を、背後から件《くだん》の青年が補足してくれた。

「とはいえ、魔法の習練は積まなくてはならないだろう。なので、エリューンの住まいは城と魔術の塔の両方に置く。魔法の勉強が嫌になったら、城へ戻ってくればいい。生活にかかる費用はルスワルド領の収益から出す。」

「ありがたいほどの厚遇《こうぐう》でございます。心より感謝いたします」

「堅苦しい挨拶はいいと言っただろう。俺には既に弟が一人いるが、これからはお前も弟のようなものだ。もっと気軽に話せ」

「それは……」

「初対面の殿下に気軽に話せるわけがないですよ」

後ろからツッコミが入る。

側近として長いのだろうか？　遠慮がない気がする。

「それもそうだな。ああ、言い忘れた。こいつはトージュ・ウェリード。俺の側近だ」

「初めまして、エリューン。私のことはトージュで結構です。家名で呼ばれると父と混同しますので」

トージュと名乗った彼は、胸に手を当てて軽く礼をしてくれた。

「はい、トージュ様」

「後のことはマードルに任せよう。わからないことや困ったことがあれば俺に言え。そこらを歩いてる侍従に『会いたい』と伝えれば届くようにしておく」

「殿下では気後れするようでしたら、私を呼んでくださっても結構です」

「お前が呼べるなら俺も呼べるだろう。一緒にいるんだから」

「身分が違います」

「……王子なんて面倒だな」

「殿下」

殿下が愚痴《ぐち》を零すと、すぐにトージュ様が彼を睨《にら》んだ。

とても仲がいいんだ。

「今暫《いましばら》くは休養に当てろ。薬や魔法で身体は戻っても心まで簡単に戻るわけじゃないだろう。魔法使いの修行は城での生活に慣れてからだ。それでいいな、ゴスト老」

今度はちゃんと振り向いて、今まで黙って座っていた老人に声を掛けた。

「かしこまりました。ですが、座学等はマードルを通わせましょう。何かしていた方が気が紛《まぎ》れますからな」

「わかった。お前に任せる。来《きた》るべき時に向けて、エリューンは貴重な人材だ。くれぐれも大切に扱え」

「心得ております」

来るべき時って何だろう？

その説明はしてくれないのだろうか？

「殿下、そろそろ大使との約束のお時間です」

「もうそんな時間か。しょうがないな。エリューン、また来るからな」

殿下は立ち上がり、右手を上げるとそのまま出て行った。多分、あれは別れの挨拶のつもりだったのだろう。

王子様ってもっと落ち着いて礼儀正しい人かと思っていたけれど、嵐のような人だったな。威厳はあるけれど品位がない？　いいえ、品位はあった。知性もあった。ただ……、ヤンチャな若獅子みたいな感じ？

「さて、エリューン殿。それでは魔術の塔についての説明をいたしましょう」

殿下が去った扉を見て思考を巡らせている間に、魔法使い二人は正面の席に移動していて話しかけてきた。

「これから、あなたは伯爵ではなく魔法使いになるのです」

命令のような一言を口にして。


魔法使いのことは少しだけ父から聞いていた。

マードル先生がいらした時にも説明は受けていたし。

魔力のある者は、まず魔法が使えるほどあるのかどうかを査定される。

魔法が使えるだけの魔力を保持していると、その使い方を教えられる。

けれど大抵の者は『魔法が使える者』と呼ばれ、『魔法使い』とは呼ばれない。

魔法使いと呼ばれるのは、魔術を自在に扱える者だけなのだ。ほんの少し火が灯《とも》せる、風を起こせる程度では、少し走るのが早いのと大差ない。

その程度なら魔法を使うより自分でやったり道具を使った方が早いし疲労も少ない。

魔法使いとは、人の力では行えないようなことが出来る人間のことを言うのだ。

魔法使いと認められたら魔法省に登録し、魔術の塔で学ぶ。

十歳で城に引き取られた私は、城内に部屋を賜《たまわ》りながら魔術の塔で過ごした。

自分で言うのも何だけれど、私はとても優秀だった。

魔力量の多さもさることながら、魔術を学ぶことにおいても。既存の魔法を覚えるだけでなく、新しい魔法も考え出した。

更に当代の伯爵であり、王家預かり。

オーガス殿下とは最初のうちはあまり顔を合わせることがなかった。魔力暴走を起こした者の兄を王位継承者に近づかせることを許されなかったのだと、後に本人の口から聞かされた。けれど私の魔力が安定すると、第二王子のエルネスト殿下とも交流するようになり、兄弟というほどではないが、幼馴染《おさななじ》み程度には親しくなれた。

オーガス殿下の側近である、あのミルクをくれたトージュ様もよく声を掛けてくれた。

王族とも親しい優秀な若き期待の魔法使い。

皆に一目置かれる存在。

失った過去のことは心に大きな傷を残したけれど、私はまだ子供だったので次第に新しい生活に慣れていった。

順風満帆。

まさに凪いだ海を進む船だ。

十六になるまでは。

その頃になるともう子供扱いはされず、研究室も与えられ、私は美貌《びぼう》を口にされる青年となっていた。

魔力は身体に水のように存在する。魔力を多く持つ者は体液、つまり血液や唾液や精液などで他人に分け与えることができる。魔法使いは魔力を使い過ぎると魔力枯渇《こかつ》を起こして、酷い時には死に至ることもあるので、魔法使い同士や、魔力はあるが魔法使いにはなれなかった者が魔力供給者となることもあった。

薬品で補うこともできるのだが、性的な行為でそれを行うこともある。

大人と見なされるようになると、そのことでからかわれることも増えた。『私の魔力を受け取って』と。つまりは『性的な行為をして』ということだ。

魔力量が多い私には必要のない行為ですからと突っぱねれば終わることだけれど。

女性からの秋波《しゅうは》だけでなく、男性からも言い寄られた時には驚いた。

もっとも、それは女顔だった自分をからかっているだけのことだと思っていた。

同性の恋愛があることは理解できる。でも女性っぽい男性を望むなら、女性を求めればいい。男性同士で縁を結びたいのなら、男らしい男性を求めるものだろう。だからきっと女性っぽい自分を『女のようだ』と言いたいだけなのだ。

私は家族の思い出を残すように髪を伸ばしていた。全てがなくなってしまって、家族との絆は自分だけだったから。

その髪が腰まで伸びて、女性のようだと言われる一因となっていたのだけれど。

銀色の髪に触れていると家族に甘えているような気分になれた。ベッドの中、広がった長い髪に埋もれると安心して眠れた。

ずっとずっと伸ばしておこうと思っていた。長くなり過ぎたら女性のように結い上げてしまえばいいのだからと。

『その日』、午後からオーガスがトージュを連れて魔術の塔に視察に来た。

私の考案した結界の魔法を見たいからと。

今までは魔法使いが結界を張り続けなければならなかったけれど、魔力を蓄積できる石を支柱として石と石の間に結界を張るというものだ。そうすると、魔法を継続させる力は石から得ることができるので、魔力を多く溜め込める石を礎《いしずえ》にすれば結界を長く張ることができるし、石を多く並べればさほど大きくない結界でも数を揃えて広範囲を守ることができる。

オーガスはその魔法に夢中になった。

彼は悪意なき横暴さを発揮して、私に何度も魔法を使わせた。

彼が望んだこともあり、子供の頃より年齢差を感じなくなったのと、彼の尊大さがただの傍若無人だとわかってから、私は彼をオーガスと呼び捨てにしていた。

嫌なことを嫌だと言うようにもなっていた。

けれどこの時は、目を輝かせてのめり込むように頼んできたから、ついつい彼に応えてあげてしまった。

石に魔力を注いだり、何度も結界を張ったり。

トージュが制止してくれなければいつまでやらされていたか……。

なのでその日はさすがに私でも疲労を感じ、早々に城の自室へ戻ろうとしていたところ、背後から声を掛けられた。

「エリューン」

魔術の塔と城を繫ぐ渡り廊下、聞き慣れた声に振り向くと速足で近づいてくるマードル先生の姿があった。

「どうかなさいましたか？」

早く横になりたいと思っていたので、失礼ながら足を止めずに彼を見る。

「今日の殿下は随分と無理を言っただろう？」

「そうですね。あの方はどこか子供なところがおありですから。私の魔法に興味を持ってくださったのは嬉しいのですが」

先生は私の隣に並んだ。

「あれは素晴らしい魔法だ。今のところ自在に使えるのは君だけだろうが」

「そんなことはないでしょう。先生もお使いになれるのでは？」

「私では一面か二面張る程度だろうな」

「ご謙遜《けんそん》を」

「本当さ。あの小さな子供がここまで立派になって。殿下のお覚えもよいようだし」

「覚え？　ああ、エルネスト殿下を構えない分、私にちょっかいをかけてくることですか？　けれど最近はエルネスト殿下とも親しくなさっているようですので、私はお役御免でしょう」

「お二人が仲がよいのは国にとってもよいことだ。そう思うだろう？」

「ええ」

取り留めのない話。

魔法を褒められるのは嬉しいけれど、他愛のない話題ならば早く解放して欲しい。

魔力が不足して、全力疾走を繰り返したように身体が重いのだ。

「いつもより足取りが重いようだね？」

渡り廊下を過ぎ去り、城内に入ると先生にそれを指摘された。

「さすがの君も、魔力が不足しているのでは？」

「ええ、少し」

「もう魔法は使えない？」

「戻ってまた魔法を披露《ひろう》しろと？　申し訳ありませんが、本日はもう無理です」

「そうか。魔力枯渇を起こしかけているのではないか？」

「いいえ、それほどではないと思います」

わかっているならこの社交辞令的な会話から早く解放してくれればいいのに。

「いや、君は慣れていないからわからないのかもしれないが、魔力枯渇は急に身体にくるものだ。注意しないと」

「ご忠告ありがとうございます。部屋へ戻って休むつもりですので」

「休むなら私の部屋へ来ないかね？」

「いいえ、早く休みたいので」

「だから、私の部屋で休むといい」

ふいに肩を掴まれる。

途端にぞわりと嫌な感じがした。

「私が魔力を供給してあげよう」

「……何をおっしゃってるんです？」

慌てて身体を振ってその手から逃れる。

「私が君に魔力を与えようと言ってるんだ。エリューンはまだ魔力供給を受けたことがないのだろう？　私が色々と教えてあげよう」

私を見る先生の目に好色そうな光を見て、寒気がした。

この人は……、こんな目をしていただろうか。

出会った時から私の魔力を褒め称え、憧れるような、羨《うらや》むような視線を向けられていたことは気づいていた。

でも今彼が私を見る目はそれとは違う。

「さあ、エリューン」

もう一度私を捕らえようと伸びてきた手を避ける。

「結構です。供給が必要なほど疲弊はしていません」

「もう魔法も使えないくらい疲れたと言っていたではないか」

「大きな魔法は、という意味です。少し休めば戻ります」

「意地を張らなくていいんだよ。君に魔法を教えたのは私が最初だった。魔力供給だって、私が教えてあげる。当然のことだ」

「お断りします」

はっきりと拒絶を口にすると、彼の顔が歪んだ。

「殿下を望むというのか？　分不相応だぞ」

「何をおっしゃってるんです。私と殿下はそのような仲ではありません」

「ならば私でいいだろう」

「相手がどなたでも、そういうことは必要ないと言っているんです」

私は彼に背を向けて城の奥へと急いだ。

魔術の塔と城との廊下は、城からの呼び出しがない限り使う者は殆《ほとん》どいない。平素使用しているのは私ぐらいなものなので、人の気配はない。

けれど城内の中には衛兵がいるはずだ。

そう思って背を向けたのだけれど、それが不味《まず》かった。

「待ちなさい！」

彼の手が後ろに靡《なび》く私の長い髪を鷲掴《わしづか》みにし、グイッと引っ張る。

「痛っ！」

バランスを崩して仰向けに倒れそうになり、慌てて壁に寄りかかると覆いかぶさるように彼が身を寄せてきた。

「逃げなくてもいいだろう」

「おかしなことをおっしゃるからです。放してください」

「おかしなこと？　これは教育の一環だよ？　君の知らないことを私が教える。ただそれだけのことだ」

「必要ありません」

「君が殿下のお手付きかと心配していたがそうではないようだし、今は抗《あらが》う力もない。嫌がりながらも防御も攻撃もできないくらい魔力が低下している。それとも、口先だけで嫌がっていて、本当は望んでいるのかな？」

掴んだ私の髪に唇を寄せてにやっと笑った顔は、もう私の知っている先生ではなかった。

気持ちが悪い。

「ああ、いい香りだ。エリューンの匂いだ」

髪に顔を埋めて大きく息を吸った後、彼は魔法を口にした。

「『拘束』」

「『反転』！」

咄嗟《とっさ》に抵抗の魔法を放ち拘束されることは免れたが、反転して彼を拘束するまでには至らなかった。

一瞬彼の動きは止まったが、すぐにまたにやりと笑った。

「やはり魔力が落ちているね。肉体の力なら私の方が上だ」

強い力でそのまま廊下に押し倒される。

「魔力の相性がいいと、これ以上ないほどの快感だそうだ。きっと、私達は相性がいい」

「止めてくださいっ！」

「大丈夫、こんなところではしないさ。部屋へ戻ってゆっくりとしよう」

興奮したまま魔法を使えば、魔力暴走を起こしかねない。そうなっても今の魔力残量なら弟のようにはならないだろうが、確実に私自身は魔力枯渇を起こして動けなくなってしまうだろう。

その時この男が無事であれば、いいようにされてしまうかもしれない。

迷っているうちに、顔が近づく。

「ああ、エリューン。怯えないで。怯えた顔も可愛いけれどね」

下卑《げび》た顔が近づいた瞬間、私の中で何かが切れた。

もうどうなってもいい。こんな男に穢《けが》されるくらいならば、巻き込んで消し炭になった方がマシだ。

火炎を放つために残っていた魔力を掌《てのひら》に集めようとした時、私とマードルの間に抜き身の剣が差し込まれた。

「そこまでにしていただこう」

見上げると、マードルの肩越しにトージュの姿が見えた。

「な……、何を……！」

「すぐにエリューンから離れなさい」

「貴様！　私に向かって剣を抜くなど……」

マードルが虚勢を張って言い返すと、トージュは綺麗な眉を片方だけクッと吊り上げた。

彼でも、こんな顔をするんだ。

「今の状況で申し開きがあるとは驚きだ。王宮お抱えの魔法使いでありオーガス殿下の友人を、こともあろうに城内で押し倒して不埒《ふらち》な真似をしている輩《やから》が」

いつも、穏やかに話す人だった。

オーガスには親しさ故に冷たい言葉を向けることもあったが、私の前ではいつも礼儀正しく温和な人だった。

なのに今の声は地を這《は》うように低く冷たい。

「立て」

「若造が……！　エリューンは私の弟子だ、お前ごときが命じるな！」

「魔法使いは塔に籠《こ》もっていて世情に疎《うと》いと聞くが、これほどとはな。第一王子の側近であり侯爵家の跡取りである私がお前ごとき一魔法使いより下だと思うのか？」

「側近？　一介の護衛騎士では……、侯爵？」

トージュは剣の先で蒼ざめているマードルのローブに付いた魔法使いの証しであるブローチを弾き飛ばした。

「お前にそれを付ける資格はない。このことはゴスト老に報告する。もちろんオーガス殿下にもな。明日、お前の席が魔術の塔にあると思うな」

「そ……、そんな……」

「逃げ出せば更なる犯罪者として城から追っ手がかかるだろう。家に迷惑をかけたくないのであれば、自室でおとなしくしていることだ。殿下を怒らせれば、魔法を取り上げられるかもしれん」

「それだけは……！」

マードルは私から離れてトージュの足に縋《すが》り付こうとし、再び剣を向けられた。

「罪を反省するならば、判断は魔術の塔が行うだろう。私は事実を報告するだけだ」

「ク……クソッ」

トージュは崩れ落ちたマードルを一瞥《いちべつ》すると私に手を伸ばした。

「立てるか？」

立ち上がりたかった。

でも上手くできなくてもたもたとしていると、彼は有無を言わさず私を抱き上げた。

「あ……、あの……」

「驚いて身体が竦《すく》んでいるのだろう。部屋まで送る」

魔力枯渇と言われなかったので、それが誤解か気遣いかはわからないけれど、おとなしく彼の腕の中に収まった。

トージュは大丈夫。

彼はいつも紳士だった。私を気遣ってくれるし、今のマードルの所業を怒ってくれた。そう思っても全身の力が抜けていかない。

「切って捨ててもいいくらいだ……」

彼がボソリと呟《つぶや》いた言葉に、顔を上げる。

「あなたがそんなことを言うなんて」

「……聞こえたか。だが事実だ」

聞かせるつもりではなかったということは本心なのか。

その後は無言のまま、彼は私を部屋へ運んだ。

普段は魔術の塔にある部屋で過ごしているので、王城の私室は物も少なく生活感がない。でもこの部屋は『王子から賜った部屋』なので、勝手に人が入れないという安心感があり、休む

時はいつもこちらを使っていた。

彼は長椅子の上にそっと私を下ろしてくれた。

長い自分の髪がぱさりと落ちて頬に触れる。

その瞬間、ぞわりと鳥肌が立った。そして何とも言い難い感情がぶわっと湧き上がりふらつきながら椅子から立ち上がって部屋の隅にあるデスクへ向かった。

「エリューン？」

引き出しを開け、中からハサミを取り出し、髪を切り落とす。

「エリューン！」

駆け寄ったトージュの手が私からハサミを取り上げた時には、既に半分ほどを肩まで切り落としていた。

「何をしてる！」

両腕を捕らえられると、涙が零れた。

「……気持ち悪い」

「エリューン？」

「あの男が口づけた髪なんて。顔を埋めた髪なんて。気持ち悪い！　家族との思い出だったはずなのに……、もうそう思えない。長い髪なんてただの弱さの象徴です。過去を引きずって、髪を伸ばしていたから、女性のように扱われ、あいつに捕まってしまったんです」

涙が零れると、身体の力も抜けてその場にへたり込みそうになった。

けれど腕を捕らえている手がそれを許さず、私はトージュに抱え上げられてベッドへ運ばれてしまった。

「いやっ！」

「おとなしくしなさい。魔力が枯渇しかけているんだ」

「あなたまで……！」

暴れる私から手を離し、彼はポケットから小瓶《こびん》を取り出した。

「魔力補充の薬だ。飲みなさい」

「薬……？」

「オーガスが無理をさせたから心配になって届けようと思ったんだ。その……、君が嫌がる方法での魔力供給は考えていないから安心しなさい」

大きな手が、私の手を取って小瓶を握らせる。

私が受け取ると、彼は床に散った私の髪を拾い集めた。

「髪の長さは弱さではない。そんなふうに考えてしまうなら、私が違うと証明してやろう。私は長い髪のままでオーガスの護衛騎士になる」

「……あなたはもう彼の側近じゃありませんか」

薬を飲むと、ふわりと身体に熱が通った。

完全ではないけれど、身体の疲労が少し楽になった。

「私は自分がこの世界にいる意味を作りたい。それは幾つあってもいい。君には横暴な男と見えるかもしれないが、オーガスは仕えるに値する人物だと思っている。だから彼を支えるために側近になりたいし、彼を守るために騎士になりたい。幸い私にも魔力があるようだし」

「魔法使いになるのですか？」

「いや、魔法は上手く使えないようだ。だが魔剣士にはなれそうだ。今訓練している」

「剣に魔力を乗せて戦う魔剣士に、ですか？」

髪を全て拾ってテーブルに置くと、彼はベッドの端に腰掛けた。

「酷い髪だな。切り揃えてやるから後ろを向きなさい」

穏やかな声に、興奮していた気持ちが落ち着いてゆく。

背を向けると、手が髪に触れた。

あの男と違って、母に髪を梳《す》かれていた頃を思い出すような優しい触れ方。

ジャキッ、と鋭利な音が響くけれど怖くはなかった。

「家族との思い出は大切にしなさい。突然失ったのだから、消せるものではないだろう。髪が思い出だと言っていたが、よく触れられていたのか？」

「……同じ髪の色でした」

「そうか。容貌《ようぼう》も似ていたのだろうな」

「私は母に。でも髪と瞳の色は父に」

「では鏡を見れば思い出すことができるな。髪もまた伸ばせばいい」

「もう伸ばしません」

「そうか。ではやはり私が代わりに伸ばそう」

「あなたは黒髪じゃないですか」

「エリューンが伸ばさない理由が払拭《ふっしょく》されるまで。……私も黒い髪で家族を思い出すから、かな。短くては目に入らない」

「トージュは領地にご家族がいらっしゃるじゃないですか」

「王子の側近として暮らしていれば領地に戻ることはないな。君と同じく王城暮らしだ。もし護衛騎士になれたら、たとえ城内で会っても言葉を交わすこともないだろう。さあ、できた。一番短いところに揃えたから短過ぎたか？」

触れると、髪は肩より少し上で切り揃えられていた。

「鏡を取ってこよう」

切った髪をさっきの髪と合わせてテーブルに置き、ドレッサーから手鏡を持って戻り、私に差し出した。

首元がすっきりした、今までとは違う自分の顔。

泣いたから目が少し腫《は》れていた。……酷い顔。

「眠りにつくまで、ここにいよう。安心して眠りなさい。君の魔力量ではさっきの薬では足りなかっただろう」

「……ええ」

布団を捲《めく》りながら、何かに気づいたようにベッドを払う。

「ああ、ベッドで切るんじゃなかったな。髪が散ったか」

「大丈夫です。ベッドカバーを外せば」

「そうか」

言うと、彼はすぐに左の手でカバーを掴んで引っ張って取り去ってくれた。

ただそれだけのことなのに、心の底が温かくなる。

城に来てから、優しくしてくれる人は多かった。でもそれは礼儀正しい優しさだった。

召し使い達は距離を置き、貴族や魔法使い達は生活圏には踏み込んでこない。王子の友人で、一目置かれる魔法使いで、若き伯爵に対する礼節を踏まえての優しさ。

いつも礼儀正しい彼が、些《いささ》か乱暴にベッドカバーを引っ張ったその様子が、家族がするみたいに気遣いがなくて嬉しかった。

「あの……」

「ん？」

「眠るまで、手を握っていてくれますか？」

一瞬驚いた顔をしたけれど、彼は微笑《わら》って頷いた。

「こんな手でよければ」

布団の中へ私を押し込み、肩口をしっかり押さえて頭を軽く撫《な》でてくれてから、差し出した私の手をしっかりと握ってくれた。

「切った髪はどうする？」

「捨ててください」

「では君が返してと言うまで私が預かっておこう」

「捨ててくださいと申しました」

「人に頼んで、綺麗に洗って、ついでに浄化の魔法もかけてもらおう」

「……浄化ですか？」

「思い出は大切だ。形があるもので残せるなら残した方がいい。君がまた髪を伸ばしたら、君の手で捨てればいい」

まるで自分も家族を失ったようなことを言う。彼の家族は皆元気なはずなのに。

ああ、さっき言ったように家族と離れて暮らすことを決意しているからなのか。

「あなたが言うなら、私ももう少しオーガスを観察してみます。尊敬に値するかどうか」

「口が悪いのは照れ隠しだと思えばいい。頑固な老人が悪態をつきながらも優しくしてくれるみたいに」

「老人ですか？」

問い返すと彼は少ししまったという顔をした。殿下に不敬と思ったのだろう。

「……そういう人を知ってるので。さあ、寝ると決めたらちゃんと寝なさい」

目を閉じると、眠気はすぐに襲ってきた。

彼が言ったように、薬では魔力が補充し切れなかったからだろう。

それだけじゃない。

初めて、『人』に付いてもらってる安心感からだ。

そう思って初めて気づいた。

私は孤独だったのだと。

多くの人に囲まれていながら、寂しかったのだと。

だから、乾いた砂に水が吸い込まれてゆくように、トージュの何げない態度が心に沁《し》みた。

私を気遣って薬を持ってきてくれた、私を害する者を怒ってくれた、私の気持ちを大切にしてくれた、礼儀正しくはない姿を見せてくれた。

何より、眠るまで手を握ってくれている。

思い返すと、胸がくすぐったくなった。

それは誕生日の前日にプレゼントを期待するような、そんなわくわくした気持ちだった。


目を覚ました時、当然ながらトージュの姿はなかった。

彼はオーガスの側近なのだから、長く彼の側を離れることはできないのだ。

けれどテーブルの上には置き手紙と魔力補充の薬が何本か置かれていた。

『顔色がよくなったので戻る。何かあった時のために薬は持っておきなさい。髪は私が預かるので返して欲しくなったら言うように』

素っ気ない文面。

でも嬉しかった。

顔色がよくなるまで側にいてくれていた。わざわざ薬も取りに行ってくれた。約束したわけではないのに、髪を持ち帰ってくれた。

私が髪を伸ばさなければ、あの髪はずっと彼の手元にあるということだ。

考えると、少し恥ずかしくて、少し嬉しかった。

服を着たままベッドに入ったので、風呂を使って着替えをして、食事を終えてから、これからどうしようかと考えた。

本当なら魔術の塔に行かなければいけないのだけれど、昨日の今日で行きたくなかった。

マードルに会いたくない。

もう二度と『先生』なんて呼べない、あの男の顔を見たくない。

元々魔術の塔には日参しなければならないわけではない。皆自由に研究したり休んだりしている。

魔法省から仕事の依頼がきた時だけ真面目に対応すればいいのだ。

もう従順でいるのは止めてしまおう。

いい子でいることは弱いと見なされるのだ。強く言えば言うことを聞くと。

今までは魔法を教えてもらい、世話も焼いてもらったから、その恩を返したいと思っていたけれど、考えてみれば私の生活にかかる費用の全てはルスワルド家から出ると言われていた。

私の後ろにはオーガス第一王子がいる。

他人に気を遣う必要などないのだ。

オーガスとトージュには感謝すべきだろうけれど、他の人達には遠慮することなどない。

……強い魔法使いになろう。

私にはその素質がある。

強い魔法使いになって、二度と他人に『どうにかできる』なんて考えを抱かせないようにしてやろう。

私を怒らせたら怖いと思わせてやるのだ。

そんなことを考えていると、ドアがノックされた。

召し使いを呼んだ覚えはなかったので、「どなた?」と問いかける。

「私だ、トージュだ」

扉の向こうから聞こえてきたのは意外な人物の声だった。

「どうぞ」

招くと、彼が入ってくる。

「体調は戻ったようだな」

「枯渇というほどではありませんでしたし、お薬をいただきましたから。予備もありがとうございます。これからは携帯します」

「そうしなさい」

目の前の椅子を示すと彼はすぐに腰を下ろした。

「今日は魔術の塔には行かないのか？」

「……別に毎日通うのが義務ではありませんし」

「そうか。昨日のことはオーガスに報告した。マードルは暫く監視付きで地方へ送られることになった。魔法を使って攻撃したわけではないので魔法使いの地位を剥奪《はくだつ》はできないそうだが、研究等は禁止される」

「地方って……」

「最近魔獣の出現がある地方で討伐隊に参加させる」

それは……、ずっと塔での研究職だった彼には十分な罰となるだろう。

「安心して塔に行くといい」

「別に、あんな男のことは……」

泣き顔を見られているので強がっても仕方がないか……。

「それと、今日から私がエリューンの護衛騎士として付くことになった」

「え？　でもあなたはオーガスの……」

「側近は暫く休みだ。君が塔で働いている間、私は騎士の訓練に参加する。元からその申請は出していたので側近は休むつもりだった」

トージュが私の護衛騎士？　私を守るために？

「私の部屋をここの隣に移すが、いいだろうか？」

「あ、はい」

「午後に、オーガスから話があるので、一緒に行こう。これはとても真剣な話になると思う」

「はい」

「それまでどうする？　塔に顔を出すか？」

「いいえ、昨日披露した魔法の術式を検討したいと思っています。午後にオーガスに呼ばれるのでしたら、何をしても中途半端になってしまうでしょうし」

「そうか。ああ、昼食を一緒に摂るかどうかの確認をしてこなかったな。一緒になってもいいかな？」

「はい、もちろん」

「では確認してくる」

トージュは目で会釈すると部屋を出て行った。

トージュが私の護衛騎士になる。

もう一度その事実を噛み締めると、昨日と同じように胸がむずむずした。

彼が私を守ってくれる。私のことを特別扱いしない人が、それでも私の側にいてくれる。

きっと私のことが心配で、オーガスに進言してくれたのだ。

肩書のない私を気遣ってくれる人がいる喜び。彼の前では私は王子の友人でも期待される魔法使いでも、若き伯爵でもない。ただのエリューンなのだ。

なのに側にいてくれる。

これ以上ない喜びに口元が緩む。

でもそんな顔を見せたくなくて、彼が戻る前にデスクに向かった。

魔法の術式を組み直しするために。そう見えるように……。


「スタンピードが起こると思う。恐らく十年以内に」

けれどトージュが護衛騎士になってくれると聞かされたふわふわとした気持ちは、午後のオーガスの言葉で吹き飛んでしまった。

「スタンピードって、魔獣の大発生のことですか？　本当に？」

部屋にはオーガスとトージュと私、それにエルネストの四人だけだった。エルネストはまだ側近を決めていないので彼の連れはいない。

私にまだこれといった役職のないことを除けば若手のトップ会談といったところか。

「各地での魔獣の出現率が上がってきている。まだ大幅というほどではないが、今まで出現していなかったところにまで姿を見せているという報告があった」

マードルが地方へ送られたと言われたことをふっと思い出した。

あれは刑罰というだけでなく必要があってのことだったのか。

「……それはわかりましたが、それを話題にする席にどうして私が呼ばれたのでしょう。エルネストはわかりますが、私のような者が……」

「エリューンが相応《ふさわ》しくないのなら私はもっと相応しくないよ」

エルネストが落胆したような声を上げた。

「私なんて、何の役割もないんだから」

「まるで私に役割があるようなおっしゃいかたをしますね」

「エリューンに役割はある」

四人の席はテーブルを囲んで等間隔のはずなのに、椅子に深く身を沈め指を軽く組んでいるオーガスの言葉を拝聴するように三人は身を乗り出していた。

「俺は来月立太子式を行う。正式に俺が次代の王になると宣言する。これはエルネストも承諾済みだ」

「兄上と王位を争うなんて愚かな真似はしませんよ」

「今でなければ競ってもよかったがな。お前は戦いには向かない」

「わかっています」

この兄弟は母も違うし容貌も全く違うというのに、本当に仲がいい。二人ともとても聡明だから、正妃《せいひ》の子供だとか側妃《そくひ》の子供だとか、年齢の上下よりも『王』というものに何が必要か互いに理解しているのだろう。

「エリューン、お前は俺の専属の魔法使いにする」

「私が？　オーガスの？」

「そうだ」

「魔術の塔から離れろというのですか？」

私はちらりとトージュを見た。そこまでして囲うのは過保護では、と思って。

けれどその決定はそんなこととは無関係だった。

「昨日見たお前の石を使った防御結界は素晴らしかった。攻撃魔法に長けた者は他にもいるが、防御に特化したものをあそこまで昇華させたのはお前が初めてだ。昔のことに起因しているのだと思うが……」

「オーガス！」

私の過去に触れようとしたのをトージュが咎《とが》めると、オーガスも気づいて咳払いをした。

「スタンピードが始まる東の森から溢れる魔獣を止める方法は、今まで戦って倒すしかなかった。だがもしも森全体を囲う結界が張れたなら、戦場は森だけで済む。取り漏らしを恐れて森の周囲に防衛線を張り巡らせる必要がなくなる。その分戦力が増強できる」

東の森。

常に魔獣が生息する広大な黒い森だという。

「それは……、わかりますが、森一つを囲うほどの結界なんてできるかどうか」

「だから、お前にはそれだけに専念して開発して欲しい。とはいえスタンピードのことははっきりと公表することはできない。文献からするとそろそろだとは察しているが、準備が整うまでは混乱を招くだけだろう」

「父上も、予想だけで発表するべきではないと判断なさっている。今ですら、あそこを通る者は激減しているそうだ。隣国も国境に警備隊を増やしている」

エルネストが補足した。

「エリューンに権力を与える。これは父上、国王陛下も了承済みだ。お前はスタンピードに有効な魔法を考えることだけに専念してればいい。魔法省からも、魔術の塔からも、何の命令も受けなくていい。全て王太子オーガスの名の下に突っぱねろ」

「兄上、諍《いさか》いを招くような言い方をしないでください。エリューン、無理矢理なのは私も一緒だよ」

「エルネストも？」

「……兄上は討伐に出撃するらしい。私はその留守の間、城に残って『万が一があっても私がいる』という安心感を臣民に与える役を与えられた」

言ってから、エルネストは蒼白い顔で嘆息した。

「兄上の代役ができるなんて思わせられるわけがないのに。第一、万が一なんて考えたくもない」

万が一とは……。エルネストがいるから安心させることができるということは、討伐に出たオーガスが命を落とす可能性のことだ。

なのにオーガスとトージュは平然とした顔をしていた。

ああ、この二人はずっとこのことを考えていたのだ。

オーガスは出撃することを、トージュは彼と共に戦場へ出て彼を守ることを。

昨日、何度も何度も私に結界を張らせて興奮していたのは、子供のような興味ではなく戦いの活路を見出した将のそれだったのだ。

そして二人共『万が一』を考えて、既にそれを受け入れているからこんなに落ち着いているのだ。

「……わかりました。王太子専属の魔法使い、お受けします」

嫌だ。

これ以上大切だと思った人を失うのは。

あの時は何もできず自分の身を守るだけで精一杯だった。

でも今は違う。違うはずだ。

そのためならどんな努力もしよう。

「私にたっぷりと権力をください。私に命令できるのは陛下と殿下方だけ。高位貴族にも、大魔法使いにも従いません。それだけの力を手に入れましょう」

「……大きく出たな」

驚くオーガスに悠然と微笑《ほほえ》んだ。

「私、負けることが嫌いだったようです」

もう追われて逃げ惑うなんてしたくない。組み敷かれて助けを待つなんてしたくない。

私はエルネストに手を伸ばした。

「エルネスト、私と一緒に仮面を作りましょう」

「仮面？」

「あなたは優秀な第二王子、私は高慢な魔法使い。そしてそれを本物にしましょう」

エルネストは苦笑しながら、差し出した私の手を取った。

「そうだな。私達も自分にできることをしよう。君なら対等に相談に乗ってもらえそうだ」

「未熟ということは熟する可能性があるということです。オーガスより優秀になるつもりでいらしてください。私はゴスト老を追い抜く覚悟で精進します」

「ゴスト老って、塔の最重鎮《さいじゅうちん》じゃないか」

「叛意《はんい》があるわけではありません、『覚悟』です」

私が微笑むと、エルネストは怯んだが、すぐに決意を固めた顔で頷いた。

「そうだな」

「二人共、覚悟が決まってくれてよかった。では、エリューンの役職については私の立太子式の時に正式に発表する。それまでは秘密にしておけ」

「言い触らしたりしませんよ」

「決まったら言い触らしてくれ。ああ、それと立太子式が終わったら手慣らしで近場に魔獣退治に出るから、攻撃魔法も磨いておけ」

「は？　たった今結界に専念しろとおっしゃいませんでしたか？」

「言った。研究は結界、訓練は攻撃だ。頼んだぞ」

「……無茶振りを」

不満を漏らすと、オーガスはにやりと笑った。

「できると思ってるからさ」

どんな崇高《すうこう》な志を持っていても、この人の横暴さは変わらないらしい。

「……精進いたします」

言いたいことはいっぱいあったけれど、王子の命令に逆らうことはできなかった。

「可哀想に……。兄上に気に入られると振り回されるんだ」

隣でエルネストがそう言ってくれたのが、せめてもの慰めだった。


翌月の立太子式は、それは立派なものだった。

オーガスの資質は皆の認めるところだったのでトラブルもなく、国内の貴族だけでなく、近隣諸国からも王族や使節団が出席する盛大な宴となった。

その席で、トージュは王太子の側近として正式に紹介され、私は王太子専属の魔法使いの立場を得た。

ゴスト老には先に話を通していたけれど、他の者達には寝耳に水だったのだろう。発表の時には少しだけ会場がざわついた。

まだ若いのに、どんな手を使ったのか。

専属の魔法使いではなく、愛人ではないのか。

そんな声も聞こえた。

それを制したのは陛下だった。

「くだらぬ噂が流れた場合にはその出所を調べ上げて厳罰に処すことを忘れるな。我が息子が実力以外で人を取り立てるなどと考える者は不敬の罪を問えるだろう」

そしてエルネストも助けを出してくれた。

「エリューンにも好みというものがあるでしょうしね」

公式の席で敢えて敬称を外して私の名を呼び、笑い飛ばしてくれた。

「飽くまで個人的な好みでしたら私は女性を好みますので、その時点で殿下は対象外とさせていただきたいですね」

「俺だって女のがいいに決まってる」

「それはようございました。では同じ女性を争わないようにだけ気を付けておきましょう」

女性達の期待に満ちた囁《ささや》きに向かって、私は微笑んだ。

「ただ残念なことに、私は殿下の無理難題に応えるために魔術漬けの日々で社交は望めないでしょう。どうぞ美しい花は殿下の上に降り注ぎますように」

オーガスが『面倒を押し付けたな』という顔をしたが、無視した。

本当にあなたの無理難題に対処するだけで精一杯なのだから。

そしてその日から、私の生活は一変した。

オーガス直々に与えられたブローチを付け顔を上げてローブ姿で歩く私に、すれ違う者達は頭を下げる。

近づく望まぬ者を無視しても咎められることはない。

魔法省から届く仕事もなく、研究三昧。

オーガスの魔獣討伐に連れ出されはしたけれど、現場ではトージュが守ってくれた。

言うまでもなくオーガスは単独行動だ。

トージュに守られながら魔獣に攻撃魔法を放つ私より先で、オーガスは剣を振るっていた。

「オーガスを一人にして、心配にならないのですか？」

側にいてくれるトージュに訊いてみた。彼はオーガスの護衛騎士になりたいと言っていたから。けれど彼は笑った。

「今の私では彼を守るなど烏滸《おこ》がましいからね。君を守るのだって力不足ではないかと不安なくらいだ」

「ご謙遜を。私は剣を握りませんよ」

「魔法があるだろう。本当に希代の魔法使いと呼ばれる日は近そうだ」

オーガスの前以外では笑顔を見せないトージュが、私には微笑みかけてくれる。彼にとって、私は特別なのだ。そう思えた。

「だがエリューンも少し剣を覚えた方がいいかもしれないな。戻ったら教えようか」

「トージュ自らですか？」

「私以外がいいなら頼んであげるが？」

「あ、いえ。トージュは忙しいのではないかと……」

「本格的にやるのなら別の者がいいのだろうが、基本を教えるだけならば私でも十分だろう」

「十分過ぎます。でもあなたの訓練のお邪魔になるのではありませんか？」

「そんなことは気にしなくていい。君の身を守ることが優先だ」

彼の言葉は、いつも嬉しかった。

王太子の専属魔法使いとなってから、今まで以上に私個人を見られることがなくなっていたので、『大切な魔法使い』ではなく『君』と私個人を示してくれただけで喜んでしまう。

オーガスも私に遠慮はなく、役柄で見ることはないのだけれど、彼にとっての私は有益な魔法使いというところから離れることはない気がしていた。

というか、彼の目はいつも来るべきスタンピードに向かっている気がする。

だから、私にも、トージュにも、弟のエルネストにさえも背中を向けている。私を個人と認識していたとしても、気にかけてくれるわけではないのだ。

そして私は自分を見て欲しかった。

城に来てからエリューンという名前以外にベタベタと付けられた肩書で自分自身の姿さえ見えなくなってしまっていたので。

十代の、家族を失って突然王都へ連れてこられた子供の時から、その姿を霞《かすみ》のようなもので覆われてるかのように、『私』を見る人がいなかった。

けれどあの時、トージュが乱雑にベッドカバーを剥《は》ぎ取った時、彼は私をただのエリューンとして扱ってくれたのだと思う。

だって、ずっと側にいて見ていたけれど、彼があんなことをしたのを見たことがないもの。

公式の席で、私以外の人がいる場所で、彼が粗暴な様子を見せたことなど一度もなかった。

オーガスと二人きりの時は別だけれど。

でもそれは私がオーガスと同じくらい彼の側にいる人間だと認めてくれているからではないだろうか？

「トージュ！　エリューン！　今の戦闘の検討会をするから来い！」

遠くからオーガスに呼ばれて、トージュは私の背を軽く叩いた。

「行こうか」

「はい」

私を見下ろす彼の目に優しさが宿っているのは、きっと自意識過剰ではないと思う。

そして私が彼を見る視線も他とは違うのだと気づいてくれていると、この時は信じていた。


優しさに飢えていた子供が優しくされたら懐いてしまうのは当然だろう。

孤独に気づいた者が、寄り添ってくれる者を求めるのも当然だ。

その人が誠実で、いつも側にいて、こちらのことを考えてくれて、特別に扱ってくれるのならば。

なので、水が高いところから低いところへ流れるように自然に、私の感情はトージュの方へ流れていた。

とはいえ、そこに『何か』があるわけではない。

何かを求めることもない。

ただ心だけが、彼に傾いている自覚があるだけだ。

「オーガスが高邁《こうまい》な精神の人間であることは納得しました」

だから互いの仕事と役割が終わり、休む前のお茶の時間。

私の私室で二人きりで過ごすこの時間が、何より大切だった。

「でも彼が横暴であることは否定できません。あの人はもっと慎ましやかという言葉を覚えた方がいいと思います」

この時間、彼はよく表情を崩した。

今も、私の言葉に苦笑して見せる。

「まあ、それはそうだな。私も否定はしない。だがあれが彼の持ち味だ」

「随分強烈な味ですこと」

彼はずっと、変わらなかった。

あの時約束したように、今も黒い髪を長く伸ばしている。そしてその長い髪を傷つけられることなく強い騎士となっていた。

でも私は少し変わった。

弱い自分を嫌って、『辛辣』という鎧《よろい》を纏《まと》うことにしたのだ。

「王が弱ければ付け込もうと考える者が出る。あれぐらい強烈だとちょっかいを出す者もいないだろう」

「どうでしょう？　横暴だと反感を買ったり、思慮が足りないと思われたりするのでは？」

「反感を抱いた者はエルネストに擦り寄るだろう。思慮が足りないと思われれば向こうも馬脚を露《あら》わし易い」

「エルネストとオーガスが『とても』仲がいいと表に出さないのはそのためですか。反オーガス派が彼に集まるように」

そう、あそこの兄弟はとても仲がいい。それは恐らくエルネストが兄に対して憧れを抱いているからだろう。そして二人の母親の仲が良好だったこともある。

「実際、何人かエルネストに近づいているらしい。まだ若く、御し易いと思われているのだろう」

「実際はそれを全て纏めてオーガスに報告されているのに。……その図式はどなたが考えたんです？」

「陛下だ。この国では王位を退いたら前王は王都から去ることになっている。自分がいなくなった後のことまで考えていらっしゃるのだろう」

私はオーガスによく似た国王陛下の顔を思い浮かべた。

オーガスほど粗暴なところはないが、威厳のある方だ。

「最近お身体があまりよろしくないとか？」

「それを口にしてはいけない」

トージュは自分の指を口元に当てた。

……ちょっと可愛い仕草に見えて、ドキッとしてしまう。

「失言でした」

それを隠すように空になっていたカップにお茶のおかわりを注ぐ。

「エリューンは弁《わきま》えがよ過ぎて時々心配になるな」

「え？」

「今の問いは陛下のことを心配してなのだろう？　だが陛下には医師団も魔術の塔も付いている。安心しなさい」

「別に心配していたわけではありません。ただ気になっただけです」

「そう言って強がるところも似ているな」

「似てる？　どなたに？」

「ああ、いや。特に誰というわけじゃない。子供らしいと言いたかっただけだ」

「もう子供ではないと思うのですが？」

「そうだな。既に追随《ついずい》する者もいない希代の魔法使いには失礼だったな」

「今度は言い過ぎです」

「加減が難しいな」

彼が笑ってくれると、胸が温かくなる。

この笑顔を見られるのは限られた者だけだと知ってるから。

ただ、今のように、時々私を誰かと比べるような発言をすることは気になっていた。

彼には妹さんがいるとのことだから、その妹達と比べているのだろうか？

「失礼なことをお聞きしますが、あなたがずっと城にいらっしゃって侯爵家はどうなさるんです？　いつかは家督を継がれるのでしょう？」

「いや、私は継がない」

「え？」

「これはまだ秘密にして欲しいが、ウェリード侯爵家は妹達の誰かの婿に継がせるつもりだ。私はずっと城に残りたいので」

「でもウェリード侯爵家といえば大きな家でしょう？」

「だから殿下の側近との両立はできないだろう？　領地の経営をしながら王の側近はできない。ましてや護衛騎士となれば命の危険もある」

「……そんなこと言わないでください。どんな状態になっても、生きていれば私が健康な身体に戻します」

「エリューンが言うなら安心だな。だがその危険があることは否定できない。当主としては失格だ」

「では無爵位になられるんですか？」

「いや。オーガスが、手柄を上げたら領地無しの侯爵位を渡すと言っている。まあ、いらないんだが……。それより、エリューンはルスワルド伯爵家をどうするつもりだ？　ずっと王家預かりにしておくつもりか？」

訊かれて、顔が固まった。

領地を継ぐなら、あそこへ戻らなければならない。家族の全てが消えてしまった場所へ。

屋敷は既に解体され、新しいものが建てられたと聞いているが、私は一度も足を向けたことはなかった。

「すまなかった、訊くべきではなかったか」

「いいえ、考えなければならないことですから。私は……、まだあそこへは戻れません。時間が傷を癒すのでしょうが、まだその時間が足りないみたいです。魔獣は倒せるのに、お墓参りに行く勇気もないんですから、笑ってしまいますよね」

自嘲気味に笑うと、彼は視線を落としてしまった。

言うべきではなかった。つい相手がトージュだと思って本音が零れてしまったけれど、聞いて楽しい話ではないもの。

「本音は、考えるのが面倒というだけです。今までは侮られないように伯爵の肩書を手放せませんでしたが、王太子の専属魔法使いという肩書が手に入った今は、親族の誰かに譲ってもいいと思ってます。金銭的にも領地に頼る必要はなくなってきましたし」

取り繕うように笑うと、彼は難しい顔をした。

今度はお金にがめついように思われてしまっただろうか。

「そろそろお開きにしましょうか。明日は送迎はいりません。部屋で過ごすつもりですので」

「そうか」

席を立った彼を見送るために自分も立ち上がり扉の前まで行くと、トージュは扉を開けずに振り向き、私を強く抱き締めた。

すっぽりと腕の中に収まった私の耳元で、彼の掠《かす》れた声が囁くように呟いた。

「家族の全てを失って一人残されることの辛さを私は知らない。だから知っているふうなこと

は口にできない。けれど無理には笑わないでくれ」

切ない声だった。

本当に私を気遣ってくれる声。

「エリューンが笑えるように、私でできることは何でもしよう」

微かに香る彼のコロンと昼間剣の稽古の時に纏ったのであろう乾いた土の匂い。

他人に触れられることを厭《いと》ってきた私にとって久し振りの、家族以来の強い抱擁《ほうよう》。

傾き流れていた水の中にとぷんと落ちた気分だった。

自分が思っていた以上に溜まっていたその水は深くて、息もできない。

お酒は嗜《たしな》まないが、これが酔うということなのだろうか。頭がくらくらする。このままずっと抱き締められていたいような、自分から縋り付きたいような。

けれど私の手が動く前に、彼はハッとしたように私から離れた。

「すまない、こういうことは嫌だったな」

二人の間に空いた距離は僅《わず》かなのに、風が吹くように寂しさを感じる。

「……いえ、トージュに下心があるとは思っていませんから。その……、お気遣いありがとうございます」

離れた彼が私の頭を撫でる。

「一人ではない。そう思ってくれると嬉しい」

真っすぐに見つめる黒い瞳。その黒が本当は深い緑だと知る者は少ないだろう。近付いてよく見なければわからないから。その深い森のような瞳が今、私だけを映している。

嬉しくて、自分から抱き着きたかったのに、私の口から出たのは強がりの言葉だった。

「一人だなんて思ってません。皆さんによくしていただいてますもの。もちろんトージュ、あなたにも」

「そうか。少しでも助けになっているならよかった。それではおやすみ」

「はい、おやすみなさい」

自室へ戻るために彼が扉の向こうへ消えると、私は彼が座っていた椅子に腰を下ろした。

座面はまだ彼の温もりを残している。その僅かな熱に手を置く。

怖かった。

抱き締められた時、自分が落ちた水底にあるのが特別な感情だと自覚した。

トージュが欲しい。彼にずっと側にいて欲しい。彼の温もりをもっと感じたい。他の人はどうでもいいから、トージュにだけ見ていて欲しい。

でもそれは私だけの感情。

彼の優しさは私だけのものではない。もしかしたらと思いはするけれど、その確証はない。

なのに自分から手を伸ばして、拒まれたり困った顔をされたりしたら。同じ気持ちではないからと、離れていってしまったら。

一人になってから、自分から誰かに手を伸ばしたことはなかった。

子供のころは無邪気に望みを口にしていたけれど、城に来てからは引き取られた身で他人に何かを望んでいいものかわからなくて手が出せなかった。

することは上から命じられ、欲しいものは先んじて与えられ、近づいてくる者には様々な下心があったら避けていた。

そんな時間の中、欲しいものに手を伸ばす勇気は摩耗《まもう》していた。

作り上げた辛辣で強気な自分の殻も邪魔をする。こんな私が縋ったら驚かれるのではないかと不安になる。

今のままでいい。

今のままでも彼は私を特別に扱ってくれる。

私を想ってくれている。

それなら無理をする必要はない。

「トージュ……」

温もりが消えてゆく座面を撫でながら、時間をかければ前に進めるかもしれないから焦る必要はないとも思った。

初めての気持ちを持て余していたのかもしれない。

だから、何か行動を起こすことは考えなかった。

このままでもいい。

今はまだ……。


トージュが私の護衛騎士となってから数年が過ぎたけれど、私達の関係は変わらなかった。

私もトージュも、スタンピードという大事の前でやることが山積みだったので、変えることを望めなかった。

けれど、毎日朝食を終えると彼が迎えに来てくれて魔術の塔に行き、日暮れまで研究に勤しみ、夕暮れには彼が迎えに来てくれて魔法の進捗状況の確認のためにオーガスとエルネストを交えて夕食を摂る。

王子二人が忙しい時にはトージュはオーガスに呼ばれ、私は部屋で一人で食事をする。

オーガスに呼ばれなければトージュは夕食後私の部屋まで送ってくれて、二人きりのお茶の時間を過ごす。

それだけで満足だった。

それだけで満足してしまうほど、トージュを好きになっていた。

この頃、エルネストの婚約が決まった。

オーガスが婚約を拒んでいたので、跡継ぎを考えて第二王子のエルネストだけでも婚約を整えるべきだということらしい……、と思っていたのだけれど少し違っていた。

「彼女が好きだから婚約するんだよ。他の人に取られる前に」

珍しくエルネストと私だけの夕食の席、彼は言った。

「恋愛……、ですか？」

「まあ、そう」

少し頬を染めて彼は頷いた。

「婚約はまだ候補を集めるだけでいいと聞いていたのに、早々に決めてしまったのはそういうことですか」

「彼女が他の男の手を取ることを考えると許せなくてね。彼女にはずっと私の側にいて欲しい、私だけを見つめて欲しいと思ったんだ」

その言葉にドキリとした。

それは私がトージュに抱いていた感情によく似ていたから。

いいえ、そのものと言ってもいい。

「私は幸運だった。彼女が私の婚約者に相応しい家の令嬢で、まだ誰とも婚約していなかったのだから」

「おめでとうございます」

「ありがとう。だが結婚はまだまだ先だ。スタンピードが終わって、その復興が一段落ついてからになるだろうな」

「遠いですね」

「それでも、もう彼女を失うことを考えなくていいのだから仕事に集中できるよ」

フォークを持つ手が、少しだけ痺《しび》れている。

頭の奥が、見てはいけないものを見ようとしている。

「エリューン？」

「……恋、ですか？」

訊いてはいけないと思うのに、その言葉が出た。

「恥ずかしいからそう何度も訊かないでくれ。そうだよ、彼女を愛してるんだ」

「彼女に側にいて、自分だけを見て、自分だけを特別に扱って欲しいと思ってらっしゃる？」

「悪いか」

エルネストは拗《す》ねたように横を向いてしまった。

「悪くはありません。私は恋愛とは縁遠いので、そういうものなのかと思っただけです」

「エリューンだってモテるだろう。美貌の魔法使いだ。しかも公式の席にでさえあまり姿を見せてくれない。王太子の兄上と黒髪の側近騎士のトージュ、美貌の魔法使いエリューン。女性達の憧れの的、というか獲物じゃないか」

「獲物だなんて。ご自分が外れてますよ？　絵物語の王子そのもののエルネスト殿下」

「私はもういいんだ。売約済みだ。これでそういった煩《わずら》わしさからも一抜けだな」

「ふふ……っ、正直ですこと」

「エリューンは気に入ってる女性はいないのか？」

「どこかの王太子の命令で魔術の塔に籠もりっきりですからね、麗《うるわ》しい女性と知り合う機会は少ないですよ」

「それもそうか。全てはスタンピードが終わってからだな」

「ですね」

話しながら、目を背けていた事実を呑み込むことに必死だった。

そうか……。私はトージュに恋をしているのか。

ただ好きなのではなく、頼れる相手を、優しくしてくれる相手を求めているのではなく、彼の恋愛対象になりたかったのか。

彼に近づかなくてもいいと、その一歩を踏み出すのが怖いと思っていたのは、その気持ちに気づいてしまうからだったのかもしれない。

気づいても、いいことなど一つもないのだもの。

エルネストが言った通り、彼は女性にモテている。侯爵家は継がないと言ってても、愛する対象は女性だろう。

私などが気持ちを向けても、成就《じょうじゅ》するはずがない。

近づかなくてよかった。彼を求めないでよかった。

「本当にエルネストが羨ましい……」

恋を自覚して、それを貫き、相手にも想われて、結婚という未来への誓約を手に入れることができるなんて。

「……兄上に言って、君がもう少し社交の場に出られるように時間を取らせようか？」

私の言葉を誤解して、エルネストが心配そうに問いかけてくれた。

「いいえ、この上女性との問題まで抱えるなんて御免です。エルネストは羨ましいですが、私は自分らしくいますよ」

「自分らしく？」

「人間関係の煩わしさは魔術の研究の邪魔」

「まったく……」

エルネストは失笑し、食事を続けた。

トージュは、私がマードルに襲われたことをオーガス以外には話していないようだった。もしかしたらオーガスにも詳しくは言っていないのかもしれない。

対外的には、私が殿下の前で強大な魔法を披露して見せたことに嫉妬して乱暴を働いたということになっている。

だから、エルネストは私が本当にただ『人間関係が煩わしい』から人を避けていると思っている。本当は、邪《よこし》まな下心を持つ人間に近づかれるのが怖いからなのに。

あの一件があってからも、何度か魔力の供給者になろうかという申し出はあった。

マードルほど無法な人間はいなかったので断れば引いてくれたが、そういう者達が私をそういう目で見ているのかと思うと寒気がした。

今はもう気にはしていないが。

そんな目を向けられていたから、穏やかなトージュの視線が余計に嬉しかったのかも。

ただ、彼が時々遠い目をするのが気になったけれど。

「兄上達は今夜は部屋で食事を摂るつもりのようだな。もう来ないみたいだ。何を話しているのやら」

「そうですね」

そして、その夜は食事を終えてもトージュは現れず、部屋に戻っても彼が訪れることはなかったが、その理由は、翌日知らされることになった。

私の恋心の果ても……。


「東の森に結界を張る」

議会で陛下が宣言した。

「魔獣が現れる度に森から抜け出すのを警戒し、戦闘しているのでは兵力が削られるばかりだ。出現数がこれ以上増えないうちに張れるだけ結界を張る。エリューン、できるな？」

議場にいる全員の目が、オーガスの隣に座っている私に注がれた。

「率直に申し上げて、全てを張るのは無理です。基礎にすべき石が足りません。ですが、結界を張れる人間が少ない以上、前倒しで始めるのはよいことかと」

「石の全てを揃えるのにどれだけかかる？」

「それはゴスト老が」

今度はいっせいに視線が白髭の老人に向かった。まるで号令がかかったみたいに。

「急ごしらえでよろしければ三月、堅牢《けんろう》なものをお求めでしたら一年でしょう」

「一年か……」

「時間は石に溜める魔力量によって変わります。一度張った結界を維持するために魔法使いではなく石に溜めた魔力を使用するのです。魔力量が多ければ、結界は堅牢なものになるでしょうが足りなければ維持ができなくなります」

「今あるものでどれだけの範囲に結界が張れる？」

それに答えるは私だ。

「三分の二でしょうか？」

「それでも無いよりはマシだな。オーガス」

「はっ」

名前を呼ばれ、オーガスが応える。

「兵を率いて結界を張ってこい」

「ご命令のままに」

兵を率いて王太子が魔獣の出現する森へ向かう。

それが決定されたことで、俄《にわか》に一同の空気が変わった。『いつか起きること』から『近々起こること』に変わったからだ。

「エリューン、悪いがトージュを返してもらうぞ。必要なら別の騎士を護衛に当たらせる」

「いいえ、もう私一人で平気です。不埒者に魔法での攻撃を許可していただけるなら」

とても残念だけれど、仕方がない。

「トージュ殿を側近に戻されるのですか？　楽な魔法使いの護衛などなさって腑《ふ》抜《ぬ》けてらっしゃるのでは？　いっそ新しい側近を選ばれても」

大臣の一人が揶揄《やゆ》するように言った。

「大規模な結界を張れる唯一の魔法使いを守れと俺が命じた。俺付きの魔法使いを一番信頼のおける者に任せたのだ。それともお前はエリューンに何かがあって結界が張れなくなってもよかったと言うのか？」

……え？

「いいえ、その様《よう》なことは」

オーガスが命じた？

だから彼は側にいてくれた？　彼自身が私を気遣ってではなく？

「トージュを腑抜けていると言うなら、お前も森に一緒に来てその気概を見せるか？　いつ赤目が現れてスタンピードが始まるかはわからないが」

相手の反応がわかっていながらにやりと笑うオーガスの隣で、私は拳を握った。

トージュはオーガスの後ろに立っているから振り向くことはできない。

今彼はどんな顔をしているの？　当然だという顔？　そうではないという顔？

「失礼なことを申し上げました。殿下のお心もわからず浅慮でした」

「わかったならいい。お前を連れて行くとお前の護衛兵が増えていいかと思ったんだがな。では陛下、準備にかかりますのでこれにて失礼します。行くぞエリューン」

「はい」

会議はまだ続くようだが、私とオーガスとトージュ、それに軍部の人間が議場を後にした。

「あの男は騎士の訓練場に足を運んだことがないんでしょうな。今や殿下のお相手が務められるのはトージュ殿しかいないというのに」

「あれでも事務仕事はまあまあできるんだ。多分自分のお抱えの騎士でも突っ込みたかったんだろう。腕が立つ騎士なら取り上げてしまえ。今は一人でも強い者を揃えたい」

「それはいいですな。腕が立つなら殿下に推薦すると囁けばすぐに技量を確認させてくれるでしょう」

前を行く軍部の人間とオーガスの会話を聞きながら、私はまだ先ほどの言葉を考えていた。

私やトージュの立場を考えたセリフだったのかもしれない。でも本当に命令だから、仕事だから私の側にいただけだったら？

いいえ、そうだったとしても彼の目は仕事の目ではなかった。ちゃんと私を見ていた。私の前で笑っていてくれていたではないか。

「エリューン？」

トージュに声を掛けられピクリと肩が震える。

「どうした？　考え込んでいるようだが」

「……結界のことについて考えていたんです。殿下といい陛下といい、無茶振りの多い王族ですよ。簡単に結界を張れと言われても、魔術の塔から何人か出してもらわないと、私一人が連続して結界を張るのは疲弊が酷くなるとか、もし途中で赤目が出たらどうするべきかとか、色々考えなくてはならなくなりましたからね」

「魔力の補充薬は用意してあるか？」

「もちろん。けれど持ち歩ける量は限られますし、あの薬では私には量が足りないんです。物事は計画的に行わないと。けれど、前を歩く方は計画的という言葉からはほど遠いですから」

「俺か？」

軍部の人間と話していたはずなのに、オーガスが振り向いた。

「ご自覚がおありで？」

「計画は立てるさ。ただ臨機応変という言葉も知ってるだけだ。それに、エリューンは俺の求めに応えられると信用している」

足を止め、彼は私の頭を撫でた。

「相変わらず触り心地のいい髪だ」

「乱れるから止めてください」

こういうことをするから、未だに私がオーガスの寵愛《ちょうあい》を受けていると思ってる人間もいる。それが牽制《けんせい》になるから敢えて否定はしないけれど。軍部の人間に生温かい目で見られるのは好ましくない。

「部屋に戻って資料を取ってきます。出動の検討をなさるのでしょう？」

「さすがはエリューン、よくわかってるな。俺の私室で待ってる。軍の方でも、今回の遠征に出せる人間と掛かる費用を計算して持ってきてくれ」

「了解しました」

廊下の曲がり角でそれぞれの方向に散る。

トージュは私には付いてこなかった。

速足で歩いてゆくオーガスに付き従って背を向けて去ってゆく。

長い黒髪が靡くほど速足で、美しく黒い騎士は私から去ってゆく。

あの髪も、私のために伸ばしているのではないのかも。

部屋に戻り結界の術式や必要な魔法量を計算した資料を持ってオーガスの部屋へ向かう。

今は今回の出撃のことだけを考えようと。

「……可愛がってるじゃないか」

部屋の前まで来ると、珍しく扉が少し開いていてオーガスの声が聞こえた。本当に珍しい。

私や軍部の人間がすぐに来るとわかっているから、気にしていなかったのか。

「そんなんじゃない」

「そうか？　俺から見たら結構気に入ってるように見えるぞ」

「お前の目から見たら、だろ」

これもまた珍しい。どうやらプライベートな会話のようだ。

邪魔をしていいのかどうか迷って、ドアノブに掛けた手が止まる。

「エリューンは美しい。男であっても」

自分の名前が出て、ドキリとした。

「それは認めるだろう？」

「認めるが、だからどうした」

「よくあいつを見てるなと思って」

「と言うことはお前も見てるということだな」

「うん、まあ。……心配だからな。あいつを城に呼んだ時にはもっと側にいてやるつもりだったんだが、一番辛い時に側にいてやれなかった。来たばかりの時はもっとおとなしい子だったのに、今じゃきっちり武装して可愛がる余地もなくなった」

……勝手なことを。

「今でも可愛いところはあるさ」

トージュから美しいとか可愛いとか見られていると思うとちょっと頬が熱くなる。

嫌われているわけではないと安堵した。

「……あの子を見てると色々と考える」

「何を？」

「離れた者が感じるのは寂しさだが、残された者は辛いのだろうと。せめてエリューンだけにはあまり辛い思いをさせたくない、と」

せめて私だけ？

せめて？　それは他の誰かには辛い思いをさせたから、私ぐらいはということ？

「お前は時々遠い目をするが、その残された者のことを考えてるのか?」

「目敏《めざと》いな。そうだな、覚えている限り忘れられない」

「そりゃそうだろう。覚えてたら忘れない、忘れたら覚えていない。当然だ」

「……オーガスは単純でいい」

「お前は秘密が多くて内面が読みにくい」

その時近付いてくる靴音が聞こえたので、慌ててドアをノックした。

「入れ」

「失礼します。資料を持ってきましたよ。軍の方々はまだ?」

笑みを浮かべて足を踏み入れながら、心は千々《ちぢ》に乱れていた。

トージュが私に優しいと思っていたのは、彼が私を見ていると思っていたのは間違いだったのかもしれないという不安が大きく広がってゆく。

さっきの、仕事だから側にいただけではという不安と相俟《あいま》って、『自分はトージュの特別ではない』という疑問が刻印されてしまう。

「顔色が悪いな」

「これからのことを考えているだけです。私の負担が多いので」

「悪いとは思ってる。全てが終わったら、お前の望みを何でも叶えてやるぞ」

「大きな口を。でも覚えておきます」

「王太子が大きなことを言わないでどうすると……」

オーガスの言葉の途中でノックの音が響いた。

「入れ」

「失礼します。特別隊の者も連れて参りました」

軍部の人間がやってきたので、私とオーガスの会話はそこで終わりだった。

私は、何も言えなかった。

トージュが私の護衛騎士になったのはオーガスの命令ですか？　トージュは私に誰かを重ねているのですか？　その『誰か』は誰なのですか？

疑問は口から零れそうになるほど大きく広がってゆくのに、臆病な私はそれを言葉にして吐き出すことはできなかった。

もし肯定されたら、その『誰か』が私よりも大切な人だったら、きっと耐えられない。

だから、私は表情を消し、ただ事務的に会話に加わるだけだった。

「まず私の魔力補充のための薬を大量に発注してください。私は魔力供給者を求めませんので。たとえどれだけ費用がかかろうとも、薬品でお願いします」

「お年頃だものな」

「煩《うるさ》いですよ、無神経男」

「お前な、仮にも王太子に向かって……」

「不敬を問うならどうぞ。けれどここからは礼儀を重んじている時間はないのでは？　陛下があのようにおっしゃったのなら赤目の出現は近いと睨んでいるのでしょう。くだらない冗談は無用です」

「可愛げがない」

「そんなものは不要です。私に求められているのは魔法使いとしての務めです。次に考えるべきは結界を張れるだけの魔力のある魔法使いの選別です。森に既に多くの魔獣が出ているのでしたら警護の騎士を魔法使い一人に一人は付けていただきたい。また、魔力を込めた石、長いので便宜上『魔石』と呼びますが、その魔石の運搬方法と現地での固定方法です」

どこまでも事務的に冷静さを装って、私は言葉を紡《つむ》ぎ続けた。口を閉じてしまったら、全身に満ちた不安と疑問に呑み込まれそうだったから。

とにかく今は、仕事のことで頭をいっぱいにしておきたかった。

余計なことを考えないために。

私は強い、泣いたりしない。こんなことで心は揺らさない。でないと望まぬ者に付け入る隙を与えてしまう。

……泣いて、同情を買ってしまう。

そんな優しさは欲しくなかった。

誰からも……。


遠征隊は三日後に出発した。

私達魔法使いは馬車で、騎士は馬で、兵士達は徒歩で、王都から離れた東の森へ。

国民に動揺を与えないためにと、出発の式典などはなく粛々《しゅくしゅく》とした行軍だった。

途中の街で二泊し、到着したのは鬱蒼《うっそう》とした暗い森だった。

オーガスに付いて魔獣の討伐には何度か出掛けていたが、相手にするのは小型のものが多く、大型の魔獣など現れても一頭か二頭だった。

けれど私達が到着した時には、丁度森から出ようとしていた大型の熊のような二頭の魔物との戦闘中だった。

その傍らには既に倒された大きな馬のようなものの屍《しかばね》があった。それを雑兵《ぞうひょう》が近くに掘られた大きな穴に運んでゆく。

魔法使いの最初の仕事はその巨大な穴に放り込まれた魔獣の死体を浄化することだった。

魔獣の生態は未だにわからない。

突然現れる歪《いびつ》な獣。元々は普通の獣だったのでは、と思わせる原型はあるものの、今まで生息していなかったものが突然現れることもあるのでそこらの獣が変化したわけではない。

あるものは大きく、またあるものは凶暴に、魔法を使うようになったり、毒を吐いたり、知能が高いものさえ現れる。

その最後のリーダーが赤目と呼ばれる赤い目をした魔物だ。

赤目が現れると魔獣の出現数は急激に増加する。この森から溢れるほどに。更に各地の、今まで魔獣などいなかった場所にまで現れるようになる。

そしてそれは赤目が倒されるまで続くのだ。

倒した魔獣の屍を放置すると、そこから土地が穢れてゆく。なので処理する前に浄化が必要となる。浄化した後は魔法で燃やしてしまえばいいのだけれど。

「思っていたより酷い状況だな」

オーガスが私の隣に立って呟いた。

「報告が詳細ではなかったのでしょう。もっと細かく報告させるべきです」

「その通りだ。兵士を送るだけでなく、調査隊も常駐させよう。それに報告のスピードも重要だ。赤目が出たと報告が城に届いた時にはヤツが森を出た後だったでは埒《らち》があかん」

「そうならないためにも、今回張れるだけ結界を張っていきましょう」

「頼んだぞ。俺とトージュは森に入る」

「森に？」

「魔獣の数を減らさないとな。魔剣を使える人間は全て森に入れる。魔法使いの警護は普通の騎士だけになるが、数は揃えよう」

「気を付けて」

「安心しろ。今のところ魔法を使うタイプは出ていないらしい。大型の獣を倒すだけだ」

「魔剣は魔力を消費します。魔力切れには注意してください。私の薬は譲りませんよ」

オーガスも、トージュと同じ魔剣使いの魔剣士だ。魔力を剣に注ぎ、その威力を高めたり、剣勢という魔力弾を放つ。魔法とは違うが、魔力を使うことに変わりはない。

「このくらいの戦いで魔力切れなんぞ起こすもんか。なあ、トージュ」

振り向くと、背後に彼が立っていた。

「魔剣は使わずに終わるでしょう」

飄々《ひょうひょう》とした様子で森を眺めてそう言った。驕《おご》りではなく、冷静な判断なのだ。それだけこの二人が強いことを、もう私は知っている。

「エリューン、結界を張り終わるのに何日かかる？」

「一週間か十日か……。まだ森の大きさを確認していないのではっきりとは言えません。それに、連れてきた魔法使い達を浄化や治癒に回すことにもなるのでしょう？　そうなると手が足りなくなるかも」

「それはその通りだな。状況の把握が悪い」

「急変したのかもしれませんよ？　判断は報告を受けてからになさっては？　まさか、このまま飛び出したりはしませんよね？」

オーガスはこのまま森へ入るつもりだったのだろう、唇の端を歪めた。

「もちろんだ。場合によっては魔法使いの補充を打診しよう」

補足するようにトージュが言葉を拾う。

「この場所も、もう少し整備させた方がいいですね。この状態で建物の建設は無理でしょうが、ちゃんとしたテントを用意してベースを作らないと。近くに王家の離宮がありましたね？」

「もう何年も使われてないがな」

「あそこに物資を運び込めば、取りに行く手間が省けますし、物資の運搬も安全なのでは？」

「武器は手放せないが、食料や日用品はそうした方がよさそうだ。手配しよう」

その後、現地の司令官がやってきて、彼の天幕で現状の報告を受けた。

やはり状況は急変したらしい。

武器も食料も医療品も兵士も魔法使いも足りないので、丁度昨日王城へ追加の要請を出したとのことだった。

オーガスはそれを聞いて酷く難しい顔をして、「近いのかもな……」と呟いた。

それは赤目の出現が、スタンピードが近いということだろう。

「エリューン、着いたばかりで悪いが、すぐに結界を張りに出てくれ」

「わかりました。私は一番遠いところへ行きましょう。この近くは他の者にさせます」

「何故？」

「魔力の高い者は高齢者が多いので、移動が大変だからです。私は馬にも乗れますし、一番機動力があるでしょう。それに、森の裏側は隣国に近い。もし魔獣が零れ出たら色々と文句を言われるかもしれないでしょう？」

「だが裏側は手薄だ」

「私を誰だと思ってるんです？　希代の魔法使いエリューンですよ？　魔獣が現れたら自分で倒します。幸い、どこかの王太子に連れ回されて魔獣討伐経験はありますので」

「わかった。お前の言葉を信じよう。だが騎士を五人は連れて行け」

「では、足手まといにならない人選を」

話し合いを終えると、私達はそれぞれ自分の役割を果たすためにテントを出た。

私は馬に乗り、森の外周を進んで裏側へ。

地図を見ながら魔石を置き、その間に幕を張るように結界を展開する。

やはり結界を張るには魔力の消費が激しく、まだ移動の疲れが残る身体では二つ張ると薬で補充しても疲労が取れず、テントへ戻らざるを得なかった。

魔力切れを起こしたところに魔獣が出現したら大変なことになる。万全の態勢で臨むなら明日からは一日に一つが限界だろう。

森の全てを覆うには三十二個の結界を張らなくてはならない。今回持ってきた魔石で張れるのは二十二。足りない十面はテントのあるベースの近くになる。そこには兵士がいるので魔獣が漏れ出ても対処できるから。

陽が暮れて戻ってきたオーガス達と話し合い、魔獣の出現が思ったより多いので結界を張ることを優先させることにした。

手勢を分散させると兵力が落ちる。それならば戦闘場所を絞った方がいいということで。

翌日からは森の中の戦闘はオーガスとトージュ、彼等が率いる魔剣士に任せて残りの騎士や兵士は魔法使いの警備に回ることになった。

途中兵士と魔法使いの増援はあったものの戦闘も激しく、結局持ってきた魔石全てを設置して結界を張り確認を終えるのには三週間かかってしまった。

疲弊して城に戻った時には、もう私の隣にトージュの姿はなかった。


それから半年。

新たな魔石を作ることに専念した。

もうオーガス達と食事をすることはない。夜にトージュが部屋を訪れて一緒にお茶を楽しむこともない。

隣室は空っぽ。

顔を合わせる回数も減った。

私は魔術の塔に籠もり、彼等は議会と訓練に明け暮れる。

孤独の中、遠征の時には仕事が忙しくて考えずに済んでいたことが、城に戻ってからは毎夜私を苦しめた。

やはり、トージュはオーガスの命令で私の側にいただけなのだ。

私を見つめていた優しい瞳は、他の誰かのものだった。遠い目をしていたのはその誰かを想ってのものだった。

他の人を想っているのなら、あんなに優しくしなければよかったのに。

彼が優しくしてくれたから私は自分の中の孤独に気づいてしまった。温かい手が欲しいと願うようになってしまった。

この人になら縋ってもいいのかもとまで思った。

好きだと自覚し、それが恋愛感情だと気づいて、これからどうしようかと不安でありながらも高揚する気持ちを抱いたのに。

優しくされた後の裏切りは以前よりも強い孤独を感じさせる。

彼だけが特別だった。トージュ以外の人には心を開けなかった。心を開いた後に、向こうの扉が閉まっていることを教えられて、どうしたらいいのか。

適度な距離を取っていればよかった。

自分の気持ちになど気づかなければよかった。

近づき過ぎてしまったことを後悔する。

平然を装うために気を張って、より感情を殺しながらも、苛立《いらだ》ちを隠せない。

対外的には、結界の進行が遅れているからだということで納得されていたが、そんな自分が嫌いになる。

それでも、段々と上手く仮面を被《かぶ》れるようになってきた頃、取り敢えずではあるが不足分の魔石が出来上がった。

完璧とは言えなくとも、何とか結界を維持できるだけの魔力が溜まったので、再び東の森へ向かうことになった。

今度は前回よりも騎士も魔法使いも最初から増員した。

既に森の付近の木々を切って広場を作り、テントでしっかりとした宿営地が出来上がっているとのことだった。

出発前に、トージュから私へ真っ白な騎士服が渡された。

「前回ローブで動きにくいようだったからな。馬にも乗るのだし、この方がいいだろう。白は目立つがその分警護がし易い」

これは誰が考えたこと？

誰が贈ってくれるの？

そんな問いかけが頭を過《よぎ》ったけれど、私は何も訊かなかった。

もう彼に問いかけるのが怖かった。

期待している自分がいる。私のためにトージュがわざわざ考えてくれたのでは、配給品ではなく彼からの贈り物では、と。

その淡い期待がオーガスからだ、軍の配給品だ、という言葉で打ち砕かれるのが怖いのだ。

大丈夫。十歳で城に来てからずっと一人でやってきた。羨望《せんぼう》や欲望や期待の目を向けられながら顔を上げて生きてきた。一人で。

彼を求めたのはその時間に比べれば一瞬のこと、きっとまた距離を取ることができる。

私は彼に何も告げていない。彼は何も知らない。

私は孤高の魔法使いでいい。希代の魔法使いエリューンでいい。誰も側に置いたりしない、誰も望んだりしない。

……それでいい。

トージュを嫌いにはならない。私が勝手に誤解していたのだもの。彼は私に好きになれとも何とも言わなかった。彼の本質で親切にしてくれていただけ。

そう、あれは『親切』だった。

オーガスやエルネストのように、友情を育もうとしていただけ。

だから私もそのラインまで下がればいいだけ。

距離を取れば、それができるだろう。時間をかければきっと。

森まで向かう馬車の中でそう答えを出した。

到着すると、前回と同じく騎士を従えて結界を張るためにオーガス達と別行動を取る。

魔獣が増えたため、馬は使えなかった。馬が魔獣を恐れて動かなくなってしまうからだ。徒歩で現場まで行き、石を据えて結界を張る。陽が暮れる前にテントへ戻り、夜には戦闘状況の報告会。

魔獣は前回よりも大型になり、終に魔法を使う大型獣も出たらしい。

私以外の魔法使いは三人がかりで一つの結界を張るのがせいぜいらしい。しかも安定が悪く、今日張ったうちの一つは消失したとの報告もあった。

「お前以外の者が張った結界は信頼できないな……」

オーガスが吐き出すように言った。

「彼等は今回のことがあって初めて結界の魔法に取り組んだ者ばかりですから。物理攻撃の結界ならばもっと上手く張れるのでしょうが……」

「違うのか？」

「今張っているのは魔獣の持つ魔力にも対応しています。言わば、物理と魔法の両方に対応できる結界ですから、なかなか難しいんですよ」

「となると、エリューンが倒れたら結界は完成しないということか」

「それほど酷いとは思いませんが」

「だが一つ消失したんだろう？」

「魔石への定着が悪かったのでしょう。後でもう一度確認します」

「お前の負担が大きくなる。連中を浄化と攻撃に回して結界を張るのはお前だけにした方が効率がいいんじゃないか？」

「そうすると完成までの時間が延びますよ？」

「安定を取るか時間を取るか、か。……取り敢えずは現状のままやるしかないか。暫定的でもまずは全てを張って、それからエリューンに確認をしてもらって不安定なところを張り直すことにしよう」

「わかりました。ではその方向で」

連れてきた魔法使いが無能なわけではない。

対魔獣用の結界は私が研究し、考案したものなので、他の者は知らなかった。それを彼等に教えるのが遅過ぎたのだ。

もっと時間があれば、もっと上手くやれただろう。

「今日はエリューンが一面、残りの連中で二面張って一つ消えたから結局一日二面ってことか。残りは八面、四日はかかるな」

「必ず消えるわけじゃありませんよ」

「悪ければお前以外は役立たずで、一日一面という可能性もある。となれば八日だ」

この報告会には、現場を預かる騎士団の団長が二人とオーガスとトージュだけで、魔法使いは私しかいなかった。オーガスがそう決めたのだが、それでよかった。

魔法使いはプライドが高い。役立たず扱いされたら腹を立てて帰ってしまったかもしれない。

それがわかっていたからオーガスは他の魔法使いを呼ばなかったのかも。

団長とトージュにしても、会話には加わらず報告が終わると黙って私達の会話に耳を傾けるだけだった。

戦闘はオーガス、結界は私に任されているので。

「悪いが、明日結界を張って戻ったら他の連中のものをチェックしてくれ」

「わかりました」

「嫌な予感がする……」

最後にオーガスのそんな不穏な言葉を残して報告会は終わった。

翌日は他の者が張った結界が消失することはなく、三面が張れた。

これで残りは五面。

けれど参加していた魔法使いの一人が魔力枯渇を起こして離脱した。機動力を考えて若い者を選んだので魔力のコントロールが上手くいかなかったようだ。

「エリューンの偉大さを痛感するな」

零したオーガスの言葉は酷く苦々しかった。

今日は大型の魔獣が十匹も現れたらしい。しかも中にかなり知能が高そうなものがいたことが彼の不安を煽《あお》ったのだろう。

トージュが魔剣を使う騎士達の増援を呼ぶべきだと進言し、オーガスが頷いた。

魔法使いの増員も検討されたが、若く魔力のある者は実戦経験が乏《とぼ》しい。実戦経験がある者は各地の討伐隊に放出している。連れてきた者よりも魔力のある者は年配の者が多く、そのための警護に騎士を削られたくない。

平和なこの国で、戦闘に魔法を使うことなどあまりなかったのだから仕方がない。

結局、そちらは保留とし、いつ呼び出されてもいいように準備だけさせることにした。

けれどそんな悠長なことを言っている暇はなかったのだ。

三日目、結界を張り終えて昼過ぎにテントへ戻ると、そこは騒然としていた。

「赤目が出ました！」

宿営地では既に殆どの兵士が出撃していて、騎士は一人もいなかった。

全員が森へ入ったのだ。

「結界は？」

「今日の分は張り終えました。魔法使い達は騎士と共に森へ入っています」

「残りはあと二面……。私が張りに行きます」

「しかしエリューン様は既に……」

「私ならまだ余力がありますし、補充薬もありますから」

言いながら、自分に与えられたテントへ向かい、持参した魔力の補充薬をその場で二本飲んで残りをカバンに詰める。

「付いてきてください」

警護に付いていた騎士を連れて残りの結界を張る場所へ足早に向かう。

石の設置は魔法使いでなくともできるので、既に魔石は置かれていた。

すぐに術式を展開し魔法を発動させる。

その途端、森の奥から魔獣が現れた。

「構えろ！　エリューン様を守れ！」

もう周囲を気にしている暇はない。彼等が魔獣を倒すことを信じるしかない。発動した魔法を途中で止めてしまえば再び一から始めなければならない。それはやりかけた分の魔力を無駄にするということだ。けれどそんな余力はない。

言葉と魔力で魔方陣を紡ぎ、組み上げてゆく。

自分の身体の中に漲《みなぎ》っていた魔力が吸い上げられるように体外に流れ出す。

目の前に魔方陣が組み上がり、それに向かって魔力を流し込む。

魔方陣の全てに魔力が巡るまでは動くことはできない。

「クソッ！　強いぞ」

「目だ！　目を狙え！」

背後で騎士達の声が上がるが意識を魔法に集中させる。

時間をかけられないので、いつもはじっくりと充填《じゅうてん》させる魔力を一気に流し込んだ。

ようやく張り終えて振り向くと、五人付いていた騎士のうち三人が血を流していたが、襲ってきた魔獣は倒れていた。

カバンから補充薬を取り出して飲み干し、空になった瓶を投げ捨てその三人に治癒の魔法をかける。

「次に行きます！」

「はいっ！」

次の地点へ向かうまでに小型の群れと遭遇した。

こんなに次から次に出るなんて、終にスタンピードが始まったのか。これがスタンピードなのか。

草や木の根に足を取られながら、戦う騎士達を後ろに次の地点へ走る。

騎士服を用意してもらってよかった。魔法使いのローブではこんなに早く走ることはできなかっただろう。

「エリューン様！　走ってください、我々のことは振り返らずに！」

その言葉が彼等の不利を示していたが、私はそれに従った。今彼等の戦闘に加われば結界に使う魔力が削られる。

今は結界を張って、森から魔獣を出さないことが先決だ。結界さえ張れれば、戦闘が不利になったら結界の外に出て立て直すということもできる。

けれどもし張り切れなかったら、綻《ほころ》びから魔獣が外へ出てしまう。

宿営地はほぼ空っぽだった。皆、森に入ってしまった。増援が来るのは明日になるだろう。

外に出た魔獣を倒す者はいない。

外に出られたら追うのが難しく、近隣の街や村が魔獣に襲われるのを止められない。

「エリューン！」

走ってゆく先に現れた黒い影。

「トージュ……？」

彼は私の背後に向かって魔力の塊《かたまり》である剣勢を放つと、横を通り過ぎた。

走らなければいけないのに、思わず振り向いてしまう。

トージュの放った剣勢は護衛の騎士の一人に飛びかかろうとしていた魔獣を弾き飛ばした。

「エリューンには私が付く！　お前達は態勢を整えて戦闘に加われ！」

「はいっ！」

再び剣勢を放ちもう一体を弾き飛ばすと、彼は踵《きびす》を返して私に駆け寄って来た。

「どうして……。あなたはオーガスの護衛騎士でしょう」

「君を守るように命じられた。結界を張らせろと」

私を心配して駆けつけてくれたのではないのですね。

「一つ張りました。最後の一つへ向かいます」

命令だから来たのですね。

「周囲は気にするな。私が守る」

それは『魔法使いエリューン』を、なのでしょう？

寂しくも浅ましい言葉が頭の中に湧き上がり、消えてゆく。

二人で走り続けて次の場所へ向かう。

やっと目的地が見えてきた時、突然小型の魔獣が木の上から私に飛びかかってきた。

「エリューン！」

トージュが放った剣勢がすぐに弾き飛ばしたが、猫型のそれの爪の先が持っていたカバンを引っかけ、持っていかれた。

「あ！」

「怪我を？」

「いいえ。でもカバンが……」

「カバン？　これか」

彼がすぐに魔獣の死体に近づいてカバンを取って差し出してくれる。

中を開くと、補充薬の瓶が割れて中はびしょ濡れだった。無事だったのは二本だけだ。

「それは薬か。……結界が張れなくなった？」

「いいえ、大丈夫です。張れます」

残った二本をその場で飲み干し、カバンを捨てる。

「行きましょう」

魔力の残量は結界を張る分ぐらいはあるはずだ。

最後、これだけを張れば私の役目は果たせる。

所定の場所で構えて魔法を行使する。

その間に、先ほどと同じ猫型の魔獣が襲ってきた。どうやら群れでいたらしい。

けれどトージュがいるから、不安はなかった。彼ならばきっと、『魔法使いエリューン』を守り切るはずだ。……それが彼の受けた命令なのだから。

心が揺れる。

精神の揺らぎは魔力の揺らぎに繋がる。魔力を安定させなければいけないのに。

何度も深呼吸を繰り返し、魔方陣を描き、魔力を注ぎ込む。

ああ、勢いがつき過ぎている。わかっているのに制御できない。

私はこんなにも心弱い人間だったのか。

トージュがいる。自分が愛しているのだと自覚してしまった人が。なのにその人は自分を見ていない。

優しさは本物でも、それは私だけのものではない。

彼の心には別の人がいる。自分はその人の身代わりに過ぎない。だから愛情を向けても無駄なのだ。

こんな事を考えている場合ではないのに。

魔法に集中しなければならないのに。

何とか自分を制御しながら結界は張れた。

けれど安定しないままに魔力を放出したせいで、疲労は予想以上に大きく、私はその場に座り込んでしまった。

「エリューン」

血腥《ちなまぐさ》い彼が近づいてくる。

「大丈夫か？」

蹲《うずくま》った私に手を貸そうと彼の手が伸びる。

「平気……」

触れられたくなくて、その手を拒もうとした時、背後に大型の魔獣の姿が見えた。

「トージュ！」

思わず彼の肩越しに火炎を放つ。

トージュはすぐに気づいて私に背を向けて魔獣に向かった。

その瞬間、全身がドクンと激しく脈打った。

……何？

目の前で魔獣と戦う彼の姿がぼやけてゆく。

暑くもないのに全身から汗が吹き出て手が震える。

……魔力枯渇だ！

二度の結界張りで魔力が切れかかっていたところに今の火炎で、私の中の魔力が空っぽになってしまったのだ。

薬はもう無い。残りはテントだ。

「もう大丈夫だ。……エリューン？」

身体を起こしているのも辛くて、草の上に身体を横たえる。

「どうした！　……魔力枯渇か」

「テ……」

テントへ運んで、そう言おうとしたけれど声も出ない。

「しっかりしろ。薬は……、そうか、さっき」

剣を地面に突き立て、彼が私を抱き起こす。

寒い。身体の熱が消えてゆく。

弟は魔力暴走で、兄は魔力枯渇で亡くなるのか。笑い話にもならない。

思わずふっと笑うと、トージュの長い髪が頬に触れた。

「我慢しろ」

近づいてくる顔。

彼が何をしようとしているのかに気づいて、私は首を横に振った。

「……いや」

「わかってる。だが死ぬよりマシだろう」

騎士用の手袋を付けた手が、私の顔を捕らえて固定する。

「口を開けろ」

「や……」

拒んだのに、彼の顔が近づいてくる。

まるで夜の帳《とばり》のように彼の黒く長い髪が世界を覆い尽くす。

重なった唇を舌がこじ開ける。

自分の体温が下がっているからか、熱く感じる舌が添うように私の舌と重なる。

生まれて初めてのキスが魔力供給だなんて……。

流れてくる唾液。

嫌だ、受けるものかと思っても呼吸ができなくてゴクリと呑み込む。液体が喉の奥を過ぎてゆくのがわかるほど熱を帯びて身体に広がってゆく。

これが魔力を受けるということなのか。

餓《う》えた身体が求めるようにもう一口呑み込む。

トージュは差し入れた舌を動かしたり、それ以上を求めることはなかった。それが余計に虚しい。

これはただの救助行為なのだと思い知らされて。

手が動くようになると、私は彼の胸を押し返した。

トージュが気づいてすぐに離れる。

「……もう大丈夫です。テントに戻れば予備の薬が残ってますから」

「そうか……」

彼も気まずいのだろう、視線が逸れる。

「すまなかった。これしか方法がなかったので……」

「もういいです。戻りましょう」

立ち上がろうとした私を彼が抱き上げる。

「自分で歩けます……！」

「おとなしくしていろ。首にしっかりと掴まれ。戦いながら戻ることになる」

突き立てていた剣を握るから、仕方なく彼の首に腕を回す。

もう無理……。

心のないキスでも、ただ運ばれるだけの抱擁でも、嬉しいと感じるほど彼が好き。

これ以上側にいたら、望みがなくても求めてしまう。私を、私だけを見てと言ってしまうかもしれない。

あなたが必要なのだと、口にしてしまえば困らせるだけなのに。

テントに着くまでの短い時間、私は泣き続けた。心の中だけで。

決して顔には出さず、口にも出さず、『あなたが好き』と叫び続けながら。


テントに戻って薬で魔力を補充し、再び私は森へ入った。

トージュや他の騎士や魔法使い達と一緒に魔獣を倒しながらオーガスの元へ。赤目の元へ。

けれど到着した時には戦いは終わっていた。

オーガスの勝利だ。

巨大な猪《いのしし》のような魔獣の前で、オーガスは血に濡れた剣を下げていた。

「魔力は？　大丈夫か？」

トージュが駆け寄って補充薬を手渡すと、オーガスはそれを一気に飲み干して瓶を投げ捨てた。

「大丈夫だ。まだ余力はある。結界は？」

「張り終えた」

「そうか。では急ぐ必要はないな。一度兵を下げて態勢を立て直そう。だが……」

「どうした？」

「確かに目は赤かったが、文献にあるような赤黒い深紅ではなかった気がする。赤味が薄くすんでいたようにも見えた」

「赤目ではなかった、と？」

「それはこれからの魔獣の出現率を見ればわかるだろうな。エリューン」

呼ばれて近づくと、彼は私を抱き寄せた。

「よくやった。ありがとう」

「血腥いですよ、離してください」

「はは、そんな口が利けるならお前も大丈夫そうだな」

「……私は平気です。それより、務めは果たしました。戻ったら約束通り御褒美《ごほうび》を戴きますから、忘れないでください」

「忘れたりしないさ。何でもやろう」

腕が離れると白い騎士服に血が付いていた。

「怪我をしてるのでしょう。治癒魔法をかけます」

「左の肩を少しだ。だが頼む」

私は本人が口にしたよりもかなり酷いオーガスの怪我を治癒し、トージュにも治癒を施した後、他の魔法使い達と共に赤目の浄化と焼却をした。

まだ魔獣は全て消えたわけではないが、これで大きな戦いは終わりだ。

後は残った魔獣を結界の中で掃討《そうとう》してゆくだけ。

けれどもうそこに私は『絶対に必要』ではない。時間がかかっても騎士達だけで終えることができるだろう。

私は、役目を終えたのだ。

魔法使い達と森を出て、彼等が張った方の結界を確認しに向かう。結界は魔石に定着して、大丈夫そうだった。

私は正直に魔力が激減したこと、補充薬が足りないことを告げて一足先に城へ戻らせて欲しいと願い出た。

明日には増援の兵が来るから、それで何とかなるだろうとオーガスはあっさりと許可をくれた。それもまた悲しい。

もういらないと言われたようで。

城へ戻ると、陛下とエルネストに森全体に結界が張れたこと、オーガスが赤目を倒したことを報告してから部屋に戻った。

暗い部屋でベッドに横たわり、やっと涙を身体の外へ零すことができた。

声も上げず、ただひたすら自分の内側から溢れる激情を垂れ流した。空っぽになるように、空っぽにするために。

三日後、オーガス達は戦いを終えて凱旋《がいせん》し、私もその席に加わった。

身なりを整えて祝勝会の会場に現れたオーガスは、その席で国王陛下から王位を譲られ、王太子から王となった。

本人は不満のようだったけれど。

そして私は新しい王に褒美をねだった。

「城に呼ばれてから今日まで、陛下のために尽くして参りました。今回のことで己の役目は果たせたと思います。どうか、私に城を下がる許可を」

「領地へ戻るのか？」

「いいえ。一人になりたいのです。どこか、人の訪れることのない場所へ行きます」

「……一人になりたい、か。ではミリアの森を与えよう。西にある王家の狩猟地だが近年使用されていない。小さな小屋があるはずだからそれもくれてやろう」

「ありがとうございます」

空っぽになった。

空っぽにした。

それでもこのまま城にいればまたトージュを求めてしまうだろう。気持ちは『ある』のではなく『湧き上がってくる』のだ。

だから彼と距離を取ろうと決めた。彼の姿の見えない場所へ行こうと決めた。

彼が『誰か』と結ばれる姿を見ないで済むように。

エルネストは驚いていた。

「王都に館を貰えばいいじゃないか」

「人付き合いが煩わしいんです」

「しかし……」

「もし何かがあればお呼びください。その時は馳《は》せ参じます」

「そうじゃない。私はエリューンを友人だと思ってるんだ。友人が遠くへ行くのは寂しい」

「ありがとうございます。けれど戦功を立てた私に群がる人は多いでしょう。そういうものは苦手なのです」

「私が守ると言ってもか？」

「あなたは私よりもっと守らなければならない人がいるでしょう？　早く落ち着いて婚約を発表して結婚してくださいな。結婚式には必ず出席しますよ」

エルネストの引き留めは、少なくとも一人は、役目以外で私を望んでくれた人がいたと思わせてくれた。

でもオーガスとトージュは引き留めなかった。

二人共、名残惜しむ顔はしていたけれど。他にも金品を褒美として与える、訪ねて行くとは言ったけれど、残れとは言わなかった。

そうして私は城を去った。

初めての恋をそこへ置いて。


ミリアの森は静かな場所だった。

東の鬱蒼とした黒い森と違い、木漏れ日の溢れる明るい場所だった。

使われなくなって随分と経つのだろう、最初にしなければならないのはオーガスが小屋と言った小さな館の掃除からだ。

余人が入り込まないように、森の周囲には結界を張った。

到着してから、とある貴族の使いという者が何人か訪れたから。

そこで静かに魔法の研究だけを続けた。

時々オーガスがトージュを連れて訪れたが、大抵は地方の魔獣討伐を手伝えというものだった。王になっても落ち着かない人だ。

しかも来た途端に連れ出そうとするのだから、横暴さも変わらない。

その訪問も赤目を倒したせいか、だんだんと減っていった。

一人は寂しい。

けれど一人は気が楽。

泣くのも、笑うのも、愛しい人を想うのも自由。

時間はゆったりと過ぎていき、自分の中に生まれた激情も薄らいでゆく。

もっと時間が経てば、きっと『恋をしている』から『恋をしていた』に変わるだろう。

私はここでそれを待てばいい。

そう思っていた時に、彼は現れた。

いつものように薬草を取りに出た庭先、薄汚れた泥の塊が横たわっているのに気づいて近づくと、それは細い剣を抱えた少年だった。

結界が破られた様子はない。

では彼はどこから？

「君」

声を掛けると、瞼《まぶた》が僅かに動く。

「君」

もう一度呼んで身体を軽く揺さぶると、少年はうっすらと目を開けた。

呼吸は浅く、唇も土気色だ。どこか怪我をしているのだろう。

「生きてますか？」

問いかけるとゆっくりと唇が動いた。

「神様……、俺だけ助かっても意味がないです……。このままみんなと一緒に……」

「君？」

目の焦点が合わなくなってきている。

「死にたいんですか？」

「……そうじゃない……です。ただみんなと……もう置いていかれたくない……」

それだけ言うと、彼はまた目を閉じた。

「君」

「あ……りがとう……ござ……」

そして沈黙した。意識を失ったらしい。

どうするべきか、一瞬考えてから動かなくなった身体を探る。

見たことのない服を着ているが、貴族のものではなさそうだ。

また誰かの使いで訪れたけれど、途中で獣にでも襲われたのだろうか？　あちこちに怪我をしているし、肩の骨は折れている。

目の前で死にかけている人間を放置するほど冷酷にはなれず、仕方なく治癒の魔法をかけてから館へ運んだ。彼の黒い髪があの人を思い出させたからかもしれない。

それでも彼は目を覚まさなかった。

顔の泥を拭うと、整ったどこか幼さの残る顔が現れる。

体つきからすると成人しているように見えるから、少年ではないのかも。

取り敢えず危険な存在ではないように思えたので、苦労したけれど何とか服を着替えさせ、身体も拭ってから使っていない部屋のベッドへ寝かせた。

握っていた剣は装飾用なのか、剣身は薄く刃は曇りが出ていた。使っている剣ではないことは確かだ。

着替えさせた服を洗うと、不思議な手触りだった。綿だと思うのだけれど、柔らかく伸びがある。ズボンはボタン留めの代わりに何とも説明し難い金具が付いていた。

外国の人間？

それにしてもどうやって私の結界をくぐり抜けたのだろう。

目が覚めたらまずそれを訊こうと思っていたのに、彼は眠ったままだった。

何度も起きた時のためにと温めたミルクを持って部屋を覗きに行ったが、結局自分が飲むはめになった。

ミルクを選んだのは、トージュが初めて私にくれたもので、あの時ほっとしたのを思い出したからだ。

けれど彼は目を開けなかった。

怪我は治したのに、病気の様子もないのに。もう目が覚めないのだろうか？

不安に思っていたが、三日目に部屋を訪れると彼はベッドから身体を起こしていた。

「目が覚めましたか？」

「あ、神様！」

神様……？　私のこと？

「私は神様じゃありませんよ」

思わず苦笑してベッドの横の椅子に座って、やっとミルクを渡してあげることができた。

「少しずつでいいから飲んでください」

「これは……？」

「ミルクにハチミツを落としたものです。三日も寝てたんですから、お腹も空いているでしょう。少し口にした方がいいですよ」

「三日……」

「あなたは私の家の庭に倒れていたんです。泥だらけで、剣を抱いて、身体中傷だらけで。どう見ても不審者ですね」

「庭……、ですか？」

「はい」

襲いかかってくる様子はなさそうだ。ぽかんとしているところが子供っぽくて、笑いながら頷いた。

「ここが私の家だと知っていらしたんですか？」

「いいえ」

「私が誰だか知っていますか？」

「神様……、だと思いました」

「どうして神様だなんて？」

「とても綺麗な人だったから。それに、見たことのない髪の色だし」

綺麗、と言われることには慣れていたが、彼の言葉には他意がなくて素直に褒め言葉として受け取れた。

「ふふ、ありがとうございます。ではどうやってここに来たのか覚えていないんですね？」

「はい」

「誰かに襲われたんですか？　魔獣とか」

「魔獣？　いいえ、山津波に呑み込まれたんだと思います」

「この近くに山はありませんが」

「ここは天津下村《あまつしもむら》から遠いんですか？」

「アマツシモ村？　聞いたことのない名前ですね」

話が合わなくて、思わず見つめ合う。

彼は少し考えてから仕切り直すように名を名乗った。

「私はエリューン・ルスワルドです。エリューンと呼んでください」

「……俺は藤村立夏《ふじむらりっか》といいます。リッカでいいです」

礼儀はある。きちんとした教育を受けた人間のようだ。

「まずは、助けてくださってありがとうございます、エリューンさん。俺、怪我もしてたはずですよね？　それも治療してくださったんでしょう？」

「ええ、まあ」

治癒魔法とは考えないのだろうか、魔法使いの私のところへ来て。

「じゃあ、どこかで治療されてからここに運ばれてきたのかもしれません。だってきっと骨とか折れてたのに、今は全然痛くないですから」

「リッカさん、まずは何があったのか話してくださいますか？　襲われたのではないのなら、何故あんな怪我をしていたのか気になります」

ポツポツと間を置きながら彼が話してくれたのは、俄には信じられないようなことだった。

彼、リッカはアマツシモ村という聞いたことのない村に住んでいたと言い、その村が大雨で崩れた山に呑まれてしまった。

村は年配の者が多く、一カ所に避難していたせいで、彼を残して全滅してしまった。

逃げ遅れた住人の一人を迎えに行く途中にその光景を見た彼は、絶望し、逃げることも適わず近くの祠《ほこら》に逃げ込み、祠に奉られていた剣を抱いたまま土砂崩れに呑まれ、目が覚めたら私の庭に倒れていたというのだ。

神の祠に逃げ込んだから、目覚めた時に初めて見た私を神様だと思ったらしい。

荒唐無稽《こうとうむけい》な話だ。

聞いたことのない地名を口にし、見たこともない地形や近年なかった天候を口にする。

けれど、全くの嘘を言っているようにも見えなかった。

「私が魔法使いだと知って来たわけではなさそうですね」

「魔法使い？」

「そうです。ここは魔法使いエリューンの隠れ家です」

「神様じゃなくて、魔法使い！」

彼は心底驚いたという声を上げた。まるで魔法使い自体を知らないかのように。

その態度にも嘘は見えない。

「本当に何も知らないのですね。てっきり困り事を頼みに来た人なのかと思ったのですが。でも、もしも私が魔法であなたの望みを叶えてあげる、と言ったら何を頼みます？」

それでも芝居かもしれないと思って訊いてみると、子供のように興奮していた彼は急におとなしくなってしまった。

「叶わないことしか望んでいないので、何もありません」

苦しそうに笑う顔。

「私はこれでも結構偉大な魔法使いなのですよ？　この世界で一番のお金持ちになりたいとか、元いた場所に戻りたいとか願わないのですか？」

「誰もいない場所に？　村に戻っても、人も家もありません。お墓も流れたでしょう。俺が望むとしたら、全てが元に戻って、逝《い》ってしまった人が帰ってくることだけです」

「……死は」

怪我ならばどんなものでも治せると言えるが、死んだ人間は私にもどうにもならない。

困っていると、彼はわかっているというように頷いた。

「無理ですよね。どんな物語を読んでも、大抵はそうです。でもあなたが本物の魔法使いなら、俺は現状に説明がつけられる気がします」

「どんな説明ですか？」

「異世界転移」

「異世界……」

「俺はここではない違う世界からやってきたんです。死ぬと思った時に、神様にお願いしました。一人ではない場所、家族のいる場所、役に立つ場所に行きたいって。家族はもうどこにもいないから無理ですけど、ここにはエリューンさんがいて、俺は一人じゃない。俺、あなたの役に立てますか？　それなら何でもします」

訴えかけるような眼差し。

その瞳の中に、既視感《きしかん》を覚える。

この目は……、どこかで見たことがあった。

そう、鏡の中だ。手にしていたものを全て失って、心が空っぽになって、それを埋めるために何かをしなくてはと魔法の勉強に必死になっていた頃、鏡に映っていた私の目だ。

彼の言葉をどこまで信じるかは別として、彼の手が何も持っていないことだけは理解した。

もう一度眠るように諭してから部屋を出た私は、少しだけ心の隙間が埋まるような気分だった。

リッカは、誰とも共有できなかった私の喪失感や不安と同じものを持っている。

どこか幼い子供のような彼になら、優しくできるかもしれない。私に何も望まず、私の肩書も知らない彼になら鎧を脱ぎ捨てて接することができるかもしれない。

そう思えて……。


目覚めて復調したリッカとの話し合いは奇妙で、とても有意義だった。

彼は私の知っていることは何も知らず、私の知らないことを知っていた。

子供のようだと思ったのは雰囲気だけで、彼は自分は成人男子だと何度も繰り返した。恐らく元いたところで子供扱いされていたのだろう。老人の多い村の出だというし。

彼は、私と同じだった。

家族と兄弟（彼の場合は兄をだが）を亡くし、祖父母に引き取られた。

今までとは違う場所での生活で、精一杯役に立ちたいと努力していた。

違うのは、私は一人残されたことを忘れるように新しい環境に馴染もうとしていたが、彼は失ったのは自分が悪いからだと考え、せめて誰かの役に立ちたいと思っているところだ。

自然災害ならば少しもリッカに悪いところなどないだろうに、誰かに尽くすことでその罪悪感を拭おうとしている。

生き残った自分は幸運だった、ではない。自分だけが生き残って申し訳ない、と。

もしも、弟のロイアンスの魔力暴走の時、私ではなくあの子だけが生き残ったら、こんな考えをしただろうか？　魔力暴走だって、幼いロイにはどうにもできないことだったのに、自分が魔力暴走をしたから全てが消えてしまった、と。

それを思うとリッカに何かをしてあげたかった。君は悪くないと言ってあげたかった。

けれど言葉では彼の心に届かないことを知っている。

言葉は自分の都合のいいように解釈してしまう。悪くない、と言っても自分が悪いと思っていれば単なる慰めと思って終わってしまう。だから、特に何も言わなかった。

一応の確認のために魔力量を検査すると、その量は私でも驚くほど膨大だった。

幸いなことに彼は魔法を使ったこともなく、使う方法も知らなかった。ロイのことを考えると、魔法を教えない方がいいだろう。魔法という蛇口を付けてしまうと、何かがあった時に暴走しかねない。

なので代わりに魔力封じの腕輪を与えた。

私の弟となるように家の名も与えた。ロイの身代わりにしたわけではない。あの天真爛漫《てんしんらんまん》でちょっと我が儘だった弟とは全然似ていないし、『誰か』の身代わりになることは、知ってしまった時に悲しむと知っているので。

始まった私達の新しい生活は、穏やかで、思った以上に上手くいった。

お互い傷を持っている者だから、不必要に相手に近づかない。私から城に仕えていた魔法使いで、大きな務めを果たしての隠遁《いんとん》生活だと話したが、それに対する彼の反応は、

「お城で贅沢《ぜいたく》な暮らしを望んだりしなかったの？　王女様と結婚するとか」

という子供のような反応で笑ってしまった。

私は彼に部屋を与え、魔法の使い方は教えなかったが魔法と魔力のことを教え、この世界のことを色々と教えた。

彼からは彼の世界のことを教えてもらい、そこで使われていた未知のものの説明を受け、料理を作ってもらって、生活の世話を焼いてもらった。

万が一リッカの魔力が暴走した時のために、彼には内緒で研いでおくからと預かっていた彼の剣を魔剣にしておいた。

これで魔力が暴走したら剣に乗せて一方向に放出することができるだろう。

お互いが欠けた部分を埋めるようにゆっくりと近づき、本当の兄弟のように気の置けない仲になってきた頃、嵐はやってきた。


階下で人声が聞こえた気がして、私はふっと顔を上げた。

ここに来客などない。行商の老人は決まった日にしか訪れない。となれば……。

急いで部屋を出ると、思った通りオーガスとリッカが睨み合っていた。

「ほら、さっさと言ってこい」

リッカを使用人と思ったのか、随分な言い方だ。

「私の弟に横柄な口を利かないでください」

トージュも、怪しんでいるのかじっとリッカを見つめている。

ああ、また少し髪が伸びただろうか？　彼はまだ私の髪を持っていてくれてるのだろうか？

「よう、エリューン」

「相変わらず勝手な人ですね」

リッカが見知らぬ人間に扉を開けるはずもないので、勝手に入ってきたであろうオーガスを睨みつける。

「すまないな、エリューン」

なのに謝るのはいつもの通りトージュだ。

「君に弟はいないはずだが、彼は？」

トージュはリッカから目を離さずに訊いた。

「できたんです。つい最近。私が弟だと言ったら、彼は私の弟です」

「俺より勝手な男じゃないか」

オーガスに笑われてムッとする。

「あなたと比べられるのは不本意です。リッカ、こっちに」

「この人達、エリューンの味方？　敵？」

駆け寄ってきたリッカは少し警戒するように訊いた。小型犬が威嚇《いかく》してるみたいでちょっと可愛い。

「敵ではないですが、味方というわけでもありません。知り合いです」

「友人ぐらい言えよ」

「国王陛下を友人だなんて、恐れ多くて」

鼻先で笑うと彼は矛先を再びリッカに向けた。

「人を敵か味方で判断するとは物騒な小僧だな。何にせよ、俺は客人だ。相応の対応をしろ。そうだろう、エリューン」

「……仕方ないですね。トージュも座ってください。取り敢えず接待はしましょう」

どうせまた何か依頼を持ってきたのだろう。国王となったオーガスを追い返すこともできないので、取り敢えず応対することにする。

彼等はリッカのことを気にして、彼は誰なのかと問いかけた。

一人になりたいと言っていた私が突然見知らぬ人間を弟と紹介するのだから当然だろう。けれど彼等に詳しく説明する気はなかった。

「彼はリッカ、私の弟です。それ以上の説明はしません」

と突っぱねた。

意外だったのは、リッカに二人が国王とその護衛騎士だと紹介した時、彼が思ったより驚かなかったことだ。もっと恐縮するかと思ったのに。

けれど彼の国の国王は象徴でしかなく現実味がないと言っていたことを思い出した。

だったらその方がいい。ヘタに恐縮するとオーガスに付け込まれて何をされるかわかったものではない。

リッカがお茶をと言うので、取り敢えずお茶を出してテーブルに付く。

当たり障りのない会話を少し交わした後、率直に尋ねた。

「それで、今回は何の御用でいらしたんです？」

「ああ、お前に俺の愛人になってもらおうと思って」

「……は？」

どうせ碌《ろく》でもない依頼だろうと思っていたけれど……、ここまでくだらないことを言い出すとは。

「恋人として城へ来いってことだ」

「魔法使いとしての仕事ではなく、そんなバカみたいなことを言いに来たんですか？　頭沸いてるんじゃないですか？」

「真剣だ」

「トージュ、あなたもそうしろって思ってるんですか？」

あなたが私に、オーガスの愛人になれと命じるのですか？　睨みつけると、トージュは視線を逸らせた。

「理由はあるようなので聞いてあげてくれ。ただ断る権利はあると思う」

「断るなよ。俺の愛人になれば、エリューンだって城で大きな顔ができるし、嫌なジジイ共を簡単に退けられるようになるぞ」

「自分の問題は自分で片付けます。城へ戻らずここにいれば嫌なジジイと顔を合わせることもありません」

「いや、そう遠くない内に戻らなければならなくなる」

その一言に、背筋が伸びた。

呼び寄せるではなく、戻ると言った。戻るということは長期に城に滞在しろということだ。

そんな大きな案件と言えば……。

「それは……、またスタンピードが起きるということですか？」

「そうだ」

オーガスは真顔で頷いた。

「だから俺はお前を愛人にしたい」

「スタンピードなら仕事ですから城にも現場にも行きますが、それがあなたの愛人になるのと何の関係があるんです」

彼の碌でもない考えはこうだった。

『本当』のスタンピードがこれから起こる。その時に自分は軍を率いて戦いたい。だが王となってしまったから止められるだろう。

だから王を退きたいがその理由がない。

そこで私を愛人として、跡継ぎの望めない王は不適合とさせてエルネストに王位を譲り、自分は戦いに出る、というものだった。

頭が痛い。

何てくだらないことを考えるんだか。

「考えはわかりましたが、それなら私でなくてもいいでしょう。何ならトージュでも」

「……無理です」

すかさずトージュが拒否した。

「こいつに愛人の芝居ができると思うか？　抱き寄せただけで眉間に皺《しわ》を寄せるだろ」

「私だって皺を寄せますよ」

「お前はそういう性格だと知られてるからいい。俺がエリューンにメロメロで、お前は素っ気なくてもいいんだ。他の女なんか目もくれないくらいお前に惚れてる、で通せる」

「他の男性に頼めばよろしいでしょう」

「駄目だな。まず俺に忠実な者は俺が王を降りることに反対するだろう。誠実な者は周囲に別れろと説得されたら負けてしまう。かといって、俺の偽りの愛情を信じてその気になられても困るし、いきなり俺が男に惚れたと言い出して信用してもらえる相手がいない。だがエリューンなら子供の頃から面倒見てたし、俺がお前に甘いことも知られている。外見も男に惚れられても不思議ではないくらいの美人だ」

女扱いされることを好まないことは知ってるはずなのに、それを言うのか。そんな話を私が受けると思って来たのか。

二人で言い合っていると、トージュまでが、城に戻るならオーガスの庇護《ひご》を受けた方がいいなどと言い出した。

「君のことも心配だからだ。オーガスほど強力な庇護者はいない」

心配？　離れてもオーガスと共にしかここを訪れない人が？

「自分の身は自分で守れます。庇護者など必要ありません」

けれどオーガスはリッカのことを持ち出した。

何も知らない『弟』はどうするのか、と。

そしてあろうことか、私が拒むならリッカを愛人にしてもいいと言い出した。

これには私だけでなくトージュも声を荒らげたが、当のリッカは平然と条件を呑むならば考えてもいいと言い出した。

思わず握ってきた彼の手を握り返すと、リッカは笑った。

「俺、エリューンの役に立ちたい。でも、自分を犠牲にはしないよ。そんなことしたらエリューンが悲しむのを知ってるもの」

……ああ、そうだった。この子は自分を犠牲にしてでも『誰か』のためになりたいのだった。

ありもしない罪の贖罪のために。

「エリューンがお城に行くことになったら、あなたの部屋の近くにエリューンの部屋を用意してください。彼の望みは何でも叶えてあげてください。俺を愛人にしても、身体の関係はナシと誓ってください。キスも口にはダメです。ハグは許可します。俺に権力は与えないでください。それが全部できるなら、一緒に行ってもいいです」

ほら、自分の益になることは口にしない。

私のために受けるのだ。

「私も一緒に行きますよ」

ならば彼を一人にはできない。

「でもお城は居心地が悪いんでしょう？」

「よかろうが、悪かろうが、リッカを一人では出せません。全く……、あなたの『役に立ちたい』はまるで呪いですね」

無垢《むく》な殉教《じゅんきょう》に、愛しさと憐憫《れんびん》が湧き、彼の頭を抱き寄せた。

本当に呪いだ。彼は自分が幸せになってはいけないとさえ思っているのかもしれない。尽くして、尽くして、最後にはその身を捧げてしまうかもしれない。

愛する者のためではなく、『誰か』のために。

それが虚しいことだとも気づかずに……。


父の婚外子で魔法が使えず魔力のない弟の存在を秘密にしていて、隠居はその弟と生活するためのもの、それがオーガスに知られた上、オーガスは弟に一目惚れ。

弟の方もオーガスに惹かれたので、私の反対を押し切って城に連れて帰った……、という話を決めて私達は城へ戻った。

父の名誉に傷を付けるのは心が痛むが、リッカを見れば彼が不遇な環境に置かれていなかったとわかるだろう。

オーガスがどこの誰かわからない者を呼び寄せるために私の家の名を使ったと考える者もいるかもしれないし。

行きの道程は、馬の用意がなかったのでトージュの馬に一緒に乗せられた。オーガスがリッカを乗せたので、それしかなかったのだ。

落ち着かせたはずの気持ちが、背後にぴったりと寄り添う彼の体温に、微かに香る彼のコロンにまた騒ぎだしてしまうので、途中で自分用の馬を買って乗り換えた。

だが久々の乗馬で、城に到着して降りる時にふらついて、トージュに身体を支えられてしまった。

「大丈夫か？」

「大丈夫です。少し疲れただけです」

答えると、トージュはオーガス達の方を見た。

早速芝居が始まったようで、侍従にリッカは自分の大切な者だから自分の部屋へ連れて行くと言っているのが聞こえた。

「今日は疲れた。説明は明日だ。俺とこいつの分の食事を部屋へ。トージュ、お前はエリューンに食事をさせてから休ませろ。もう半落ちだ」

「私は大丈夫です。それにリッカは私の部屋で休ませます」

二人きりにさせられないと異を唱えたが一蹴された。

「ダメだ。もう諦めろ。これは俺のものだ。トージュ、連れて行け」

まだ残ろうとする私の腕を取って、トージュはその場から引き離した。

「あの子も疲れ切ってる。悪さはできないだろう」

「それでも心配です」

「心配せずとも、オーガスは初めて会った子供より君の方を優先させるだろう」

「どういう意味です？」

私を怒らせるようなことをしないと言いたいのか？

「いや……。君の部屋はそのまま残してあるが、オーガスの部屋の近くとどちらへ向かう？」

元の部屋は魔術の塔に近い。書簡で色々魔法についての質問も受けていたし、訪問されることもあるかも。それは煩わしいし、リッカも心配だ。

「ではオーガスの部屋の近くに」

「私の部屋の隣になるが、いいか？」

トージュの隣。

「別に構いません。それより食事を頼みたいのですが」

「すぐに命じよう。スタンピードの予兆についても説明したいしな」

では彼と一緒に食事をするということか。

ああ、嫌だ。部屋が隣とか、食事が一緒とか、そんなことで喜んで。一瞬にしてまたあの頃に戻ってしまう。

せっかくリッカと平穏な日々を手に入れていたのに。

「エリューン、リッカはどこから来たんだ？」

「彼は私の弟です」

「しかし……」

「何度訊かれても、私はそれ以外の答えはしませんよ。リッカに興味があるんですか？」

一瞬、彼が答えるまでに間が空いた。

その短い間が、私の中に不安を呼んだ。

「彼はオーガスの愛人です。少なくとも城にいる限り。あまり近づき過ぎない方がよろしいと思いますよ」

「……そうだな。着替えなどはどうするつもりだ？」

「メイドに言って前の部屋から持ってこさせます。魔法使いのローブなど、サイズがあってないようなものですから」

「ああ、この部屋だ」

トージュは青い扉の前で足を止めた。

「執務官が泊まるための予備の部屋だから簡素だが、明日にはもっといい部屋を用意しよう」

「いいえ、ここでいいです。どうせ眠るだけですから」

「では着替えたらそちらを訪ねよう」

私を置いて彼は戻り、一つ手前の扉の中に消えた。あそこが彼の部屋なのだろう。

ドアを開けて中に入ると、整えられた室内は、いかにも文官が使用するといった感じの簡素な部屋だった。

続き間はなく、応接用のテーブルも、デスクも、ベッドも一部屋に収まっている。

私はベルを鳴らしてメイドを呼び、着替えの服を前の部屋から持ってくるように命じた。

「お部屋には鍵がかかっておりますが？」

「掃除のために侍女長に鍵は預けてあります。彼女に取ってもらってきてください」

「かしこまりました」

長椅子に腰を下ろすと、ドッと疲れが襲い、自分で自分に回復の魔法をかけた。

食事をして、話を聞いて、風呂を使って……、まだ眠るわけにはいかなかったから。彼を待っている間に眠って寝顔を見られるような失態は犯したくなかったから。


疲れていたのは私だけではなかったようで、翌日朝食を摂ってから向かったオーガスの部屋ではリッカがまだ食事をしている最中だった。

昨夜は食事を摂りながら眠ってしまったらしい。

疲れが残っているようだったので、回復魔法をかけてあげると、子供のように喜んだ。

知らないこと、体験したことがないことに対して、リッカはいつも新鮮な驚きを見せる。それがとても愛しかった。

私が魔法を使っても、彼は私を希代の魔法使い様なんて目で見ない。自分の兄や友人が魔法を使えるのが凄い、程度にしか思っていないのだ。

未だに、リッカが私に魔法を使って何かをしてくれと頼んだこともなかった。

リッカが食事を終えると、これからのことをもう一度確認した。

まずはリッカをエルネストに会わせなければならない。

先代の陛下は既に引退して王都を去っているからいいとしても、王弟殿下に紹介もせず城内を歩かせるわけにはいかないので。

エルネストは当然のごとくリッカの存在を怪しんだが、強引に押し通した。

難癖をつけるならばオーガスへどうぞ、リッカには優しくするようにと多少の脅《おど》しをかけて念押しした。

エルネストとの接見が終わったらリッカの服を作るというので同行しようとしたのだが、魔術の塔からの迎えが来てしまった。

「ゴスト老がお呼びです」

そう言われれば、魔術の塔に席のある者として断ることはできなかった。

塔では、思った通り結界魔法についての講義を依頼された。

赤目は倒したはずなのに、まだ散発的に魔獣の出現があることを魔法使い達も危惧《きぐ》していた。

オーガスが何も言わないから、彼等もはっきりとしたことを口にはしないが、『もしかして』を恐れているようだ。

百年に一度の災害が連続して起こることはあるのか？　と。

『エリューンだけが張れる』では、もしも私が病に倒れたら、事故に遭《あ》ったら、どうにもならなくなってしまう。

リッカの側に付いていたかったが、仕方がない。

彼等の魔力量で堅牢な結界が張れる術式を練る研究に付き合うことにした。

一人で私と同じものを張るのは無理とわかっているので、複数人で分業にして組む方法を取らせていたが、新たな方法が考案されていた。

その検討をしながら、新しい攻撃魔法と浄化魔法についても相談された。

私が引き籠もっている間に、何か新しい魔法を考案したのではとしつこく訊かれもした。

もしも定刻にトージュが迎えに来てくれなかったら、彼等から解放されるのは難しかったのではないだろうか。

オーガスが気遣って、トージュは以前のように私の送り迎えをしてくれることになった。

彼の側にいられるのは嬉しい。けれど側にいられると苦しい。

そんな複雑な思いを抱えながら、日中は魔術の塔で魔法使いの相手をし、オーガスとトージュとリッカと、四人で朝昼晩の食事を共にする日々。

夕食後はオーガスの私室で来るべき時についての話し合いをするが、リッカは会話に加われず所在なさげにお茶を淹れてくれていた。

ここで無理に会話に加わらないところが、彼の控えめな性格だろう。

城でどうなるかと心配したが、意外にも彼は強《したた》かだった。

オーガスの愛人役も何とかこなしていたし、料理を作ったり、侍従に勉強を教えてもらったりと充実した日々を過ごしているようだ。

トージュは、リッカの作った料理をとても喜んでいた。

リッカの作るものは美味《おい》しい。けれど美味しいという以上に、反応を示している気がした。

気づけば、彼の視線がリッカに向いていることも多い。リッカは気づいていないようだったけれど。

リッカの抱いている傷は私によく似ている。

私の傷はトージュの想う『誰か』に似ているらしい。

もしかしたらトージュは、それを感じ取って今度はリッカに『誰か』を重ねているのかもしれない。私よりもずっと可愛げのあるリッカに……。

明るく振るまいながら、時折フッと全ての感情を失ったかのように無表情になることを、本人は気づいていないだろう。あの空虚さは、私でさえ何とかしてあげたいと思ってしまう。

実際、オーガスはその衝動に突き動かされて芝居以上にリッカを構っているように見える。

私に直接尋ねてきたこともあった。「あいつはどうして上辺だけでしか笑えないんだ？」と。

「俺の頼んだ依頼だからという意味じゃない。何て言うか、笑い方を忘れたみたいな顔で笑う。見てるとこっちが切なくなる」

「あなたから『切ない』なんて単語が出ることが驚きです」

「リッカから、詳しいことはお前に訊けと言われた。勝手に話すとお前に迷惑がかかるかもしれないから、お前の許可がいるようだ」

「許可などいりません。彼が話したいことは何でも話せばいいんです。彼が話せることなら」

「お前からは言わないのか？」

「私はリッカに任せます」

オーガスの後ろで私達の会話を聞いていたトージュは、何故か複雑そうな顔をしていた。

……もしかして、またトージュはリッカに優しくして、リッカは私のように彼を頼って、オーガスよりも先に彼に話をしているのだろうか？

両親を、兄弟を、住んでいた村を失って一人になった、と。

それを聞いたら、またトージュは彼を守ろうとするかもしれない。今はオーガスがいるから近づかないけれど、芝居のない時にはどうなるかわからない。

リッカの背を見つめるトージュの視線に、リッカが振り向いたら……。

……彼なら、いいかもしれない。

手を差し伸べてあげたくなる危うさを持ってる彼が、トージュに救われるなら、きっと祝福してあげられるだろう。

そうなったら、私も自分の気持ちに整理がつくかもしれない。

二人の様子を見に行こうとしたら、今日はオーガスの剣の稽古を見学に訓練場へ向かったというので私もそちらへ足を向けた。

予想通り、彼はオーガス狙いの令嬢達に囲まれて厭味《いやみ》を言われている最中だった。なので、助けに入ろうとしたのだが、やはりリッカは強かだ。

強気で責める彼女達に向かって彼が放った一言は傑作《けっさく》だった。

「皆さん美人なのに、今は目が吊り上がって美貌を損ねてるから。女の人は笑ってる方が断然綺麗ですよ」

令嬢達はバカにされたと騒いだが、あれはリッカの本心だろう。

思わず笑ってしまうと、全員の視線が私に向いた。

普段社交の場に出ず、二年も王都を不在にしていた大魔法使い。見目もよく、爵位もある私に対して向けられる熱い視線。

さっきまでリッカに向けていたものとは全然違う。人によって態度を変えるというわけだ。

「皆さん、私の可愛い弟を苛《いじ》めないでやってくださいね」

ではリッカに身分を与えたらどうする？

「お……とうと……？」

女性達の間を通ってリッカの隣に立って肩を抱く。

「ええ、私の弟でリッカ・ルスワルドです」

一瞬にして、彼女達の顔色が変わる。

「それで？　リッカがあなた達をバカにしているとか？　厚かましいでしたっけ？　それとも見たくないでしたか」

さて、あなた達がバカにしていた者に地位があるとわかったらどうします？　少しお灸《きゅう》を据えてあげようかと思ったのに、リッカがそれを制した。

「ねえ、エリューン。みんな美人だよね？」

けろりとした顔で、自分を苛めていた令嬢達を持ち上げる。

「お城ってこんなに美人ばっかりなんだ」

「リッカ……」

「若い女の人があんまり周囲にいなかったから、緊張して失礼な物言いしたかも。これから気を付けるね」

「……なかったことにするんですね？」

この子は、どこまで人がいいんだか。

「男は凄んでもカッコイイけど、女の人は笑ってた方が好きってだけ。それより、オーガス達の剣技見ようよ。俺もやりたくなっちゃった」

「あなた、剣は重たいって言ってたでしょう」

「うーん、もっと身体鍛えないとダメかな。お城来てから運動してないし、訓練に混ぜてもらえないかな？」

「無理でしょうね。レベルが違い過ぎます」

私達が親しく会話を交わすと、弟という言葉が嘘ではないとわかって令嬢達は見事に退散してしまった。

「あれでいいんですか？」

もっと強く出てもいいのに。

「いつか来るとは思ってたし、口で言われるのは平気。公式の席に出たらもっと凄いこと言われそうだけど」

「私が側にいますよ」

「エリューンは仕事があるから一人になる時もあるでしょう？　気にしてたら切りがないよ。俺はわかってくれる人がいれば気にならない。両親がいなくて色々言われたこともあったし」

「……口さがない人間というのはどこにでもいますからね。あなた、オーガスに何を話してもいいって言ったんですか？」

「うん。エリューンが言っていいと思ったことは何でも話していいよ。……エリューンの本当の弟が亡くなったたって話、聞いちゃったんだけど平気？」

この子は、どこまで気遣いなんだか。

「五歳下の弟がいたのですが、幼い頃に魔力暴走を起こして亡くなりました。魔力を爆発させたようなものです。それで両親も亡くなりました。私は咄嗟に防御結界を張って一命を取り留めたのですが、そのせいで魔法使いの素質ありと言われて城に引き取られたんです」

「俺、その弟さんに似てる？」

「いいえ、全然。弟も私と同じ銀髪でしたし、よく癇癪を起こす子供でした。魔力持ちは我《が》が強いんです。でも、全てを失うということの意味は知っています。だからあなたを守ってあげたい」

弟のようではあるけれど、弟の身代わりではない。そこは誤解されたくなかった。

頭をコツンと合わせて、言葉に偽りはないと態度で示す。

「辛い時に優しくされると頼ってしまう。それが裏切られるともっと辛くなる。だから私はあなたを裏切りたくありません」

優しくしてくれた人が『私に』ではなく『誰か』の身代わりで接していたのだと知ったら悲しいでしょう? リッカが私を好きなことは伝わっている。だから自分と同じ悲しみを与えたくないし、絶対に与えない。

「拾った子犬は最後まで面倒見るタイプだ」

「何です、それ?」

面白い考え方だけれど、あなたは子犬じゃありませんよと言おうとした時、オーガスが手摺りの向こうから身を乗り出して声を掛けてきた。

「お前等、俺の勇姿を見てなかったのか?」

折角リッカと楽しいひと時を過ごしていたのに、邪魔な男。けれどこれはお芝居だから仕方がない。

リッカは早々に彼に抱き上げられ、連れ去られてしまった。

顔を寄せ合って何かを話しているようだけれど、ここまでは聞こえない。

じっと見ていると、オーガスはリッカの頬にキスをした。

……まあ頬までのキスは許すと本人が言っていたから見逃すけれど、あの様子ではリッカはキスなどしたこともないのではないだろうか。

「気になるか？」

気づくと、隣にトージュが立っていた。

騎士は気配を消すのが上手いけれど、こんなに近くに来るまで気づかなかったなんて。

「それはね、可愛い弟ですから。監視して、やり過ぎないように注意しないと」

「……そうだな」

あなたは、オーガスがリッカにベタベタするのが気に食わないようですね。やはりリッカに気持ちが向いているからですか？

「令嬢達をやり込めていたようだが？」

「失礼な。リッカが彼女達をやり込めることを望まなかったので、リッカは私の弟だと宣言しただけです。それだけで逃げていきましたよ」

「相変わらずだな」

「気が強くて厭味が上手いと言いたいんですか？」

「いや、女性を好まないのだなと思って」

あなたがいるからですよ、とは言えない。

「でしゃばってくる女性はあなたも好まないのでは？　わざわざオーガスの愛人を苛めに来るような女性ですよ？」

「スタンピードが終わったら、オーガスがあの中から誰かを選ぶかもしれない。その時エリューンは……」

「あの男があんな女性を相手にするとは思えません」

「……そうだな」

「リッカも、彼には渡しません。あれはお芝居ですから。全てが終わったら、連れて帰るつもりです」

「リッカを？」

リッカを連れ去られるのが嫌ですか？　側に置きたいですか？

「あの子が……、誰かの元に残りたいと言えば手を離します。けれど彼の意に添わないことはさせたくありません。たとえオーガスが望んでも」

……たとえあなたが望んでも。

傷を抱えた彼が自己犠牲で誰かの手を取るのではなく、望んで手を取れるように守ってあげたいから。

訓練場からは、リッカが訓練の権利をもぎ取った声が聞こえた。珍しく我を通したようだ。

「私は先に戻ります。リッカにそう伝えてください」

「送ろうか？」

「いいえ。どうぞ訓練を続けてください。お互いやるべき事が多い身ですから」

微笑んで、ひらひらと手を振ってその場を離れた。

本当にやるべきことが山積みだったので。


リッカが訓練をしていると知って、何度か様子を見に行った。

オーガスが忙しくて一人になる時に向かうようなので、そこにオーガスの姿も、トージュの姿もなかった。

座ったところから立ち上がりざまに例の薄刃の剣を抜き、その後も一々動きを止める型のような動きは剣士の真似事をしているようだったが、身体のブレがないところを見ると運動能力は高いのではないだろうか。

周囲の騎士達は変わった素振りだと微笑ましそうに見ていたが、もしかしたら彼の世界ではああいう剣技があるのかもしれない。

この世界の剣は重いと言っていたが、あの薄刃の剣なら彼でも振ることができるし。

やはり研いでおいてよかった。

一方、オーガスはリッカに対する態度を増長させていた。

腰に手を回したり、顔を寄せて頬にキスしたり。

挙句の果てには議会にまでリッカを連れてきた上にこう宣言した。

「リッカ・ルスワルド、エリューンの弟だ。俺の大切な伴侶だから王妃《おうひ》と思ってくれ。こいつ以外の伴侶は求めないから以後縁談は持ち込むな」

すぐに議題に入ったので有耶無耶《うやむや》にされたが、会議が終わった後被害を被《こうむ》ったのはこちらだった。

王に直接問いただすことができないので、私にどういうことなのかと説明を求める貴族達に囲まれてしまったのだ。

「私は反対しています」

と言っても、兄と名乗るなら引き剥がせとか、弟ではなく陛下に取り入るためにどこかから連れてきた得体の知れない子供ではないかとか。

トージュが来て追い払ってくれたが、煩わしいことこの上なかった。

思った通り、リッカの方にも付き纏う者がいるようだし。

心配したのだが、リッカは令嬢達に囲まれた時と同じように大したことではないと笑っていた。想定内だよ、と。

公にしなければ芝居の意味がないとわかっているけれど、本当にこの方法しかなかったのかと考えてしまう。

そうこうしているうちに驚くべき一報が飛び込んできた。

「東の森の結界が壊された」

朝まだ暗いうちに私の部屋を訪れたトージュから聞かされた時には、信じられなかった。

私の張った結界はそう簡単に壊れるものではないはずなのに。

「警備に当たっていた兵が誤って魔法を結界に当てたらしい」

「それでも壊れるはずは……！」

言いかけてハッと気づいた。

前回でスタンピードは終わったものと思っていたからそのままにしていたが、結界の一部は他の者が張ったし、幾つかの魔石は十分な魔力を蓄えていなかった。

「すぐ張り直しに行かなくては」

「そうしてくれ。結界が壊れた場所から出ようとしている魔獣と交戦中らしい。我々も出る。万が一を考えて特別隊も連れて行く」

最悪の事態を考えてオーガスが作った魔剣士の集団である特別隊を出すというのか。

「着替えたら正面玄関に」

「魔術の塔に寄ってから向かいます。魔石を持って行かないと」

「わかった」

彼はすぐに出て行き、私も着替えて部屋を出た。

今回は戦闘があるだろうか？　急ぎなので魔法使いのローブを着たけれど、騎士服に着替えた方がよかっただろうか。

魔術の塔にも報告は行っていたようで、私が行くと結界の張れる何人かの若い魔法使いが魔石を携えて待っていた。

「魔力量は？」

「十分に充填させてます。もしかしたら石の魔力切れが原因かもしれません」

「今回は私が全て張り直します。同行する魔法使いは浄化と治癒に特化した者を。可能であれば戦闘能力の高い者も」

「戦闘系の者は現在グレシャス領に。あちらで小型ではありますが、飛翔タイプの魔獣が出たので兵士では手に負えないと」

「……わかりました。では浄化と治癒の者を」

物語が始まるかのように、準備をしている間に夜が明けてゆく。

魔法使いを四人連れて城の正面に向かうと既に騎士達は整列していた。

すぐにオーガスもリッカを連れて現れる。

まさか彼を連れて行くのかと思ったが、見送りに現れただけらしい。

「帰ってきてね、絶対に」

可哀想に。親しい者を失った記憶が蘇るのだろう、リッカは不安そうな顔をしていた。

「俺を一人にしないで」

「可愛いことを。約束しよう、絶対に戻ってくる」

彼の切実な想いをわかっているのかいないのか、オーガスは笑って答えた。

リッカは次に私を見た。

「エリューンもだよ」

ああ、そうか。安心させるためには笑うしかないのか。ならば私も笑おう。

「私は陛下を捨ててでも戻ってきますよ」

私がそう言うとオーガスが不満そうに口を挟んだ。

「それは不敬だろう」

「あなたは私の手助けがなくても戻れるでしょう？」

この軽口が、リッカの心の負担を軽減するのだろう。

「私が、二人を連れて戻ります」

トージュも、そう言って彼にだけ微笑む。

三人とも、リッカが可愛くて堪らないのだ。私は弟のように可愛がっているのだが、この二人は別の愛情が生まれているのかもしれない。

オーガスはリッカの耳元で、彼を驚かすような何かを囁いたようだし、トージュはそんな二人を、いや、リッカを切なさそうに見つめている。置いていきたくないというような顔で。

トージュの『誰か』がリッカであるはずはない。彼は異世界からやってきたがトージュはここで生まれ育ったのだ。そしてリッカが初めて会ったのは私。

ということは、『誰か』とは違う人間だと認識しても、リッカをあんな目で見ているということだ。

私に向けられたものとは違う視線。もっと踏み込んだ、もっと心配し、その身を案じるような視線。彼が『特別』だと知らしめる視線……。

苦しくて、私はすぐに馬車に乗り込んだ。

いつも、辛いことがある時に遠征が入る。それは心だけでなく身体をも疲れさせることではあるが、気持ちをごまかすには丁度いいかもしれない。

ああ、やっとこの気持ちを終わりにできる。トージュがリッカの手を取ってくれれば、諦めがつく。

「もう、私に優しくなどしないでくれればいいのに……」

もう、私を揺らさないでくれればいいのに。

そんなことを考えながら動き出した馬車の揺らぎに身を任せた。


東の森へ到着すると、結界は二面壊れていた。

一つの魔石が壊され、その両側の結界が消失したということだ。

「連中、結界がなくなったことに気づいてやがる」

オーガスが苦々しげに呟いた。

「それだけ連中に知性が生まれたということだな。やはり前回は本戦ではなかったか」

トージュがその呟きに答える。

前回の戦闘でも、かなりの死者が出たと聞いた。ある程度の怪我ならば魔法で治せるが、即死ではどうにもならない。以前リッカに言ったように、死んだ者に魔法は効かないのだ。

「魔獣はここに集まって来てる。戦闘は激しいが、どうする？　オーガス」

「俺が特別隊を率いて戦闘する。魔獣の本体を押し戻したところでエリューンに結界を張らせる。討ち漏らしや小型の魔獣は兵士達に任せる。戦闘中でも結界は張れるな？」

オーガスの問いに私は当然だと頷いた。

「結界を張りに来たのですからやります。兵士に壊れた魔石を回収させてください。魔石の魔力が足りなかったのか、魔石の強度が足りないのかが知りたいです。強度が足りないのなら、他の魔石も壊れる可能性がありますから」

「すぐにさせよう。トージュ、お前はエリューンの警護に付け。他の者に任せては俺が安心して戦闘に赴《おもむ》けない」

今回は『そんな必要はない』とは言えなかった。

何せ、今も目の前で戦闘が繰り広げられているのだ。大きくはないが、数が多い。本当にここから外へ出られると知って押し寄せてきている、そんな感じだった。

「エリューン、薬は？」

トージュに訊かれて前回のことを思い出して身体が震えた。

「十分に持ってきていますよ。今回は私だけでなく、側に付く者にも十分な予備を持たせるつもりです」

だから前回のようなことは起きませんと言外に伝える。

「休息の一つも取らせてやれないで悪いが、すぐにかかるぞ」

「はい」

オーガスは特別隊の騎士を呼び集め、すぐに戦闘の中に身を投じた。

私は騎士に壊れた魔石を回収させ、すぐに他の魔法使い達と検討に入った。

思った通り、魔石の魔力残量は想定以下だった。

「結界に攻撃を受けると魔力を消費するのでは？」

「だとしたら他にも幾つか魔力量が十分でないものがありましたね。それも心配なのでは？」

「十分な量があっても、複数回結界に攻撃が加えられれば魔力残量は減少していくのでは？」

「定期的に交換することを考えた方がいいかも」

「消失した結界の張りが甘く、摩石の魔力をより消費したということもあり得ます」

どれも頷ける可能性だった。

「ではあなた達は結界の外から他の魔石の状況を確認してきてください。トージュ、彼等のためにさける護衛はいますか？」

背後にいる彼に振り向かず尋ねると、すぐに答えが返ってきた。

「まだ確認はできていないが、魔法使い一人に三人は付けられるだろう」

彼もまた到着したばかりなのだから、状況把握ができていないのだろう。

「ではすぐにその方向で調整してきてください。あなたが戻るまで、私はここから動きませんから」

「……わかった。絶対に勝手に行動するな」

一人を治癒のために宿営地に残し、残りの三人に護衛を付けてすぐに確認へ出した。トージュが上手く掛け合ってくれたのか、護衛は一人つき五人となったが、魔剣士は回せなかった。

魔物の遺体の浄化については、現地にいた者の半数を回した。まだ魔法を使うものも、飛翔するものもいないので、戦闘から魔法使いを外しても平気だろう。

私はすぐに結界を張りに行きたかったが、トージュも、現地の魔法使いもそれを止めた。

「戦闘が近過ぎます。エリューン様の身に何かがあっては結界が張れなくなります。今回は他に張れる者を連れてきていらっしゃらないのでしょう？」

こんなに大きな戦闘だとは思っていなかったし、急ぎだったので判断を誤った。

やはりどんな時でも総員戦で臨むべきだった。

では待機中に戦闘に参加しようとしたが、それはトージュに反対された。

「結界を張るのにかなりの魔力を必要とするのだろう。不必要な魔力は使うな。これから何が起こるかわからないのだから」

前回魔力枯渇まで起こしてしまった身としては、反論ができない。

毎日ボロボロになって戻るオーガスに負い目を感じながら、三日を過ごした。

負い目を感じていたのはトージュもだろう。私が動かないなら自分も戦闘に参加すると申し出たのに、オーガスに断られてしまいずっと私の側にいたのだから。

「結界が万全でない以上、ここに魔物の群れがなだれ込む可能性もある。お前はとにかくエリューンを守れ。結界を戻すことが最優先だ」

そうして鬱々《うつうつ》と過ごした四日目、オーガス達が大型の魔獣を倒してかなり森の奥へ進攻したと聞いて、私は結界を張りに出た。

魔石を所定の位置に据えて、まず一方に結界を張る。

そこまでは問題はなかった。

使用した分の魔力を補うために薬を飲み、もう一面を張ろうとした時に突然大型の魔獣が森の中から姿を現したのだ。

「半数はエリューンを守れ！」

言いながらトージュが剣を抜く。

彼ならすぐに決着がつけられると思ったのに、鶏《にわとり》のようなそれは二匹だった。

喉から胸の辺りが硬い鱗《うろこ》に覆われている上に、知能も高いようで闇雲に直進してくるタイプではない。強い。戦闘が長引きそうだ。

「あなた達も加勢してください」

「しかし、エリューン様」

「私は自分で自分の身を守れるだけの力があります。今、あれに負けるわけにはいかないのですよ」

「……わかりました。では下がっていてください」

突進してゆく彼等の背後から援護として攻撃魔法を放つ。

守らなければ。

トージュを、彼等を。私には誰もいないが、彼等には待つ者がいるのだから、無事に返してやりたい。

……いいえ。私にはリッカが待っていてくれる。私が戻らなかったら、きっとあの子は泣くだろう。また残る選択をした自分が悪かった、だから大切な人を失ったと考えるだろう。

そんな思いはさせたくない。

私も、生きて帰らなければ。

予備の薬を受け取り、それを飲みながら戦闘に参加する。

「エリューン、お前は戦うな！」

「そんなこと言ってる余裕はないでしょう！」

私だってよくわかってる。結界が最優先。ここから魔獣を出してはいけない。そのために私は魔力を残しておかなければならない。攻撃魔法などで魔力を消費してはいけない。

……でも、嫌なんです。

私はあなたに死んで欲しくない。

あなたが私を好きでなくても、他の人の手を取るのだとしても、生きていて欲しい。

だから前の時も、魔力が切れかかっているのに咄嗟に魔法を放ってしまった。認めます。あなたのことになると私は頭が回らない、理性的に振る舞えない。

その『ふり』ならできるけれど。

「エリューーン！」

魔獣を倒したトージュが駆け寄ってくる。

「周囲を警戒してください。まだいるかもしれない」

「結界は……」

「結界を張る余力は残しています。すぐに張りますから」

更に予備の薬を全て飲み干し、何でもない顔をして結界を張る。今の魔法なんて、私にとって大した魔力の消費にはならない。ちゃんと負担にならないように行動してますという顔をして、背筋を伸ばし、両手を前に差し出し、魔方陣を描く。

彼は聡《さと》い。だから決して疲れた顔を見せない。私が、自分の務めを捨ててまで彼を助けようとしたなんて、気づかせない。

虚空に美しく描く魔方陣に魔力を注ぎ込み、二つ目の結界も綺麗に張ってみせる。

私は希代の魔法使い、エリューン・ルスワルドなのだから。

一人でも生きていける人間なのだから。


結界を張り終えて宿営地に戻ると、先に戻っていたオーガスは報告を受けてすぐに王都へ戻ると言い出した。

結界があるなら、残された者でも対処ができるだろう。それよりも戻って赤目出現のための対応策を講じる方が先だと言って。

彼の中では、前回は前哨戦《ぜんしょうせん》、これからが本戦だと決めたようだった。

「怪我だけ治癒してくれ」

「大した怪我ではないのでしょう？」

「あれが気に病む」

あれ、が誰のことかわかったから、私はなけなしの魔力で彼の怪我を治した。ついでだからとトージュのものも。

残る魔法使い達に頼まれて、魔獣の亡骸《なきがら》の幾つかに浄化もかけた。

補充薬を飲み過ぎて気持ちが悪い。所詮は液体。既にバケツ一杯分くらい飲んでいるから、魔力がどうのこうのというより、胃が受け付けない。

王都に戻るのに一泊分時間があるから、何とか戻るだろう。

馬車に乗ると、森を駆け抜けたせいか、自分にも小さな傷が幾つかあったので、それも綺麗に消した。

守らなければ。

リッカの気持ちを、オーガスも、トージュも、この国も。

私は強い。強いから生き残れた。強いから城に迎えられた。強いから、私以外の者を守ってあげなければ。

魔力は精神の安定と紐《ひも》づいている。

不安定な気持ちのままの私に、魔力はなかなか戻らなかった。

身体の内側が空っぽで、空腹による貧血に似ている。身体が上手く魔力を生み出せないのかもしれない。

早く戻って自分のベッドに横になりたい。

途中の宿のベッドでは、疲れも取れなかった。

回復魔法をかけても、その魔力は自分のものなので、顔色はよくなるが疲労は溜まり、魔力は失われる。

城へ帰還した時には、表面上は平常だったが貧血状態が続いたままだった。

出迎えの人々の中にリッカがいる。

駆け寄って、オーガスに飛びつく。

それをトージュが引き離した。嫉妬しているかのように。

そのトージュにリッカが抱き着くと、彼は抱き返さずに馬車から降りた私の方へリッカを押して寄越した。

「エリューン！」

駆け寄って、彼は私にも抱き着いた。

「エリューンは汚れてないね」

「今回は結界の張り直しだけで、戦闘はしませんでしたから」

嘘だが、真実は口にしない。けれどリッカの瞳は微かに揺れた。

「そっか、よかった。オーガス、仕事してきていいよ。俺、エリューンと一緒に行く」

「おいおい。無事だとわかったら後回しか？　トージュ、お前がエリューンを送れ。リッカはこっちだ」

「私は一人で平気です。私こそ、結界の報告書を書かなければなりませんから、オーガスと行ってください」

「でも……」

ああ、気が付いてしまったんですね。微かに震える私の手に。

私は彼の頭を優しく撫でた。

「聡い子ですね。でも大丈夫」

リッカが気づいたなら、他の誰かも気づくかもしれない。早くこの場を去らなくては。

「ではお先に失礼いたします」

震える手をマントの中に隠し、笑顔を張り付けたまま城内へ向かって歩き出す。

「待ちなさい」

暫く歩くと、トージュが背後から声を掛けてきた。

「何ですか。疲れているので早く横になりたいんですが」

足を止めめず、そのまま進む。トージュは横に並んだ。

「足を止めなさい。私が運ぶ」

「ご冗談を。城の中で他人に運ばれるなんてみっともない姿は晒《さら》したくありません」

「薬は？　飲んでいるのか？」

「もうお腹がたぷたぷです」

「それでも回復しないのか？」

「……してますよ」

答えると、彼は私の腕を取った。

「していないだろう。向こうを出る時からずっと辛そうにしてる」

「離してください」

手を振り払うと、あっさりとそれは離された。

「心配なんだ」

本当に？　またオーガスに様子を見に行けと言われたのではないのですか？

「あなたに心配されるようなことはありません。それよりも、リッカのところへ行ってあげたらどうです？　あの子の方があなたを心配してましたよ」

こんな言い方をするつもりではなかったのに。これでは厭味だ。

イライラしている。

「リッカには今オーガスが付いている」

気落ちするような、不安そうな顔。オーガスがいなければ側に行きたかったのでは、と思わせてまた苛立ちが募る。

心が安定しない。よくない状況だ。

「とにかく、早く横になりたいんです。もう放って置いてください」

私は速足になって、逃げるように自分の部屋へ向かった。

トージュは付いてきたが、もう触れてくることも声を掛けることもなく、私が部屋に入って鍵を掛けると「また後で様子を見に来るから」とだけ言って去っていった。

服を脱ぎ捨て、そのままベッドに倒れ込む。

眠い。

眠りたい。

自分の中で渦を成す初めての感情に目眩《めまい》がする。

気持ちを落ち着かせないと魔力が安定しないのに。

休んでも、一向に魔力が回復する気がしない。一度に補充薬を大量に摂取した副作用かもしれない。こんなに薬を飲んだことはなかったし。

身体が重くて、手が震える。

「きっと一晩眠れば大丈夫……」

自分に言い聞かせるように呟いて目を閉じたが、疲れているのになかなか眠りは訪れなかった……。


それでも何とか少しだけ休むことができたが、目覚めてもまだ身体は重かった。

ベルを鳴らしてメイドを呼び、簡単な食事とお茶を頼み、以後は誰も部屋に近づけないようと命じた。

料理はすぐに届けられたが食欲が湧かず、お茶と焼き菓子だけを口にして風呂を使い、夜着に着替えて再びベッドに入る。

魔力の安定しない子供の魔力を生み出す器官が精神的に影響を受けて、魔力切れを起こすことがあると聞いたことがあるが、それだろうか？

初めての経験で不安が募る。

身体がだるい。

このまま、魔力が戻らなかったらどうしよう。

私の存在意義がなくなってしまうのではないだろうか？　もう誰も私に見向きもしなくなるのではないだろうか？

皆が必要としているのは強い私だもの。

横になっているだけで眠りもせずにいると、ノックの音が響いた。

「エリューン？」

トージュの声。

ああ、後で様子を見に来ると言っていたっけ。

でもそれは命令でしょう？

「起きているか？」

私は返事をしなかった。扉には鍵を掛けてあるから入ってこられる心配はない。

そのまま無視していると気配は消えた。

会いたい。

会いたい。

トージュの顔が見たい。

でもこの不安定な状態で彼の顔を見たら、子供のように縋り付いてしまうかもしれない。泣いて、ずっと側にいて欲しいと口にしてしまうかもしれない。

相手にその気がないのに求めることは迷惑だとわかっているのに。

もう一度、あの手で髪を撫でられたい。

『エリューンが笑えるように、私でできることは何でもしよう』

抱き締められた時の言葉が頭を過る。

大切な思い出だったのに、それもオーガスに言われたからではないのか、他の誰かに向けたかった言葉ではないのかと勘ぐってしまう。

気持ちが悪い。

感情と魔力が胸の奥底で煮え滾《たぎ》っている。その熱が外に出て行かない。なのに空虚感が消えない。

何度も寝返りを打って、浅い眠りを繰り返しているうちに夜が明けてしまった。

窓から差し込む光が眩《まぶ》し過ぎて、カーテンを引く。

部屋が暗くなると、少しだけ楽になった。

外界からの刺激に耐えられないのか。

ひょっとして、魔力枯渇になりかけているのだろうか？　それを薬で何とかしのいでいた？

だとしたらもっと薬を飲まないと。

でも副作用だったら？　飲み過ぎだったら？

気持ちを安定させないと。

トージュの気持ちがリッカに向けられているかもしれない、ただそれだけのことがこんなにも動揺させる。

離れている時には気にならなかったのに。

リッカがいい子だと思えば思うほど、あの子が彼に相応しい気がして辛い。

私は『いい子』ではないもの。横柄で気が強くて、気の利いたことも言えなければ優しい言葉もかけられない。

私が受け入れられているのは、強い魔法使いだから、有益だから。王のお気に入りだから。けれどスタンピードで役に立たないとわかったら、オーガスには私は必要なくなる。オーガスからの命令が無くなれば、トージュも私に興味を無くすだろう。

家族を失った可哀想な子供には優しくしてくれるかもしれないが、私はもう子供ではない。

また……、全てを失ってしまう。

いいえ、そんなことはない。こんな考えは間違ってる。

気分が落ち込んで、悪いことばかり考えてしまう。

ノックの音が聞こえて、思考が中断する。

「エリューン」

トージュの声。

拒まなければいけないのに、弱くなった心がベッドから起き上がらせ、扉を開けてしまう。

「……トージュ」

騎士服ではなく、普段着のシャツ姿の彼が立っている。

「酷い顔色だな。リッカが心配していたぞ」

幻かと思うような彼の姿に手を伸ばしかけたが、『リッカ』と聞いて目が覚めた。

この人は、私を心配して来たのではない。リッカに言われたから様子を見に来たのだと。

手を引っ込めて背を向ける。

「平気だったと伝えてください。心配はかけたくないので」

ベッドへ戻ろうとした私を、背後から突然彼が抱き上げた。

「何を……！」

「ここなら人が見ていない。運んでも大丈夫だろう」

「自分の足で歩けます」

「そんな顔色で何を言う。ふらついてるのにも気づいてないのか」

怒ったような口調。

そのまま彼は私をベッドまで運び、そっと下ろした。

「……テーブルの上の食事は何時《いつ》運ばせた」

まだ怒ってる？

「昨日戻った時に……」

険しい顔で覗き込まれ、私は正直に答えた。

「食べなかったのか」

「菓子とお茶は口にしました……」

「薬は？」

「飲み過ぎたのかと思って……」

「遠征中も含めて、何本飲んだ」

「覚えていませんが、三十本持っていったのでそれぐらい。戻ってからは飲んでいません」

彼の眉間に皺が寄る。こんなに険しい顔はオーガスを叱る時ぐらいしか見たことはない。呆れられてしまったのだろうか。

でもこうなったのは仕事をしたからなのに。

「魔力が戻らないのか？」

訊かれて、背筋がゾクリとした。

魔力が戻らない。用無しになってしまうという恐怖から。

「一晩眠ったのに？」

「よく眠れなかったので……」

言い訳のように言うと、再び私を抱き上げようと手が伸びた。

「すぐに魔術の塔へ行こう。身体を診てもらった方がいい」

「嫌です！」

その提案には即答で拒否を口にし、彼の手を払った。

「何故？」

「魔力が枯渇していると知れたら、何をされるかわかりません。魔力供給の名の下で襲われるのは御免です」

言ってる意味がわかったのか、彼が眉を顰《ひそ》める。

「だがこのままにはできないだろう」

「寝ていれば回復します」

「回復しなかったのだろう。このまま死んだらどうする」

「結界は張りました。もう私以外の者でもいいでしょう」

「そういうことを言ってるのではない。お前がいなくなったら……、オーガスもリッカも悲しむだろう」

そこにあなたの名前はないのですね。

ああ、またイライラする。

汚泥《おでい》のように落ち込んでいた気持ちに火が点くように、怒りに似た気持ちが湧く。

「じゃあ、あなたが魔力供給してくれます？　知らないおじさん達に与えられるよりはずっとマシですから」

怒られたくない、側にいて欲しいと思っているのに、怒って出て行ってくれればいいのにとも思う。トージュの顔を見ていると落ち着かない。感情のコントロールができない。

「そういうことは嫌いだろう」

「別に、知らない人に襲われるのが嫌なだけです。それに初めてではありませんし」

前回トージュが無理矢理口づけてきたことを示唆《しさ》したのだが、彼は突然激高した。

「誰だ！　誰に襲われた！」

肩を掴まれ押さえ付けられる。その勢いに驚いて言葉を失う。

「それとも合意だったのか？」

「ひ……必要に迫られて……」

したのでしょう？　私が死にそうだったから。

「だから抱かれたのか？　他の男に」

言われてカッとなった。

私のことを節操のない人間だと思った？　誰にでも身体を許すのだと？　そう誤解したのですか？　あんな目に遭った私が？

あなた以外の人間に身を任せたと？

けれど、その誤解に浅ましい心が囁いた。

「……だったら何だというんです。誰にどうされたとしても、あなたには関係ないことでしょう。それより、魔力を与えてくれないのなら出てってください。ご覧の通りまだ休息が必要なのですから」

肩にある手がピクリと震える。

「魔力供給なら受け入れるのか」

煽って怒らせたら、出て行ってくれるだろうと思った。……もしかして、初めてでないのならまた口づけてくれるのではないか、という邪な考えも過った。

勝算のない賭けだとわかっていたのに。

「望むなら与えてやろう。私でもいいのだろう？」

だから煽ることを止められなかった。

「できもしないことを言わないで」

「必要なことならするさ」

目が、怖い。

いつもの穏やかな黒い瞳が緑に燃え上がったと思ったら、顎《あご》を取られて口づけられた。

「……ンン」

「口を開けろ。飲むんだ」

前と同じように舌を差し込まれ唾液を流し込まれる。

呑み込むそれは前よりも甘美で、魔力に飢えていた身体に熱が広がる。

彼がこれ以上のことをするとは思えなかった。

前と同じ、キスだけで少し回復させたら離れていくに決まっている。それでもいい、もう一度口づけが貰えた。

おとなしくキスだけを受け入れて、これで終わりにしよう。魔力が戻れば、精神もきっと安定する。またいつもの自分に戻れるはずだ。

「……魔力が薄い」

唇を離したトージュが呟いた。その唇が私の唾液で濡れている。

彼も魔力保持者だから、私の唾液から魔力を受け取ったのか。恐らく前回も受け取っていて、それと比べての言葉だろう。

「私でもいいと言ったのだから、我慢しろ」

言うなり、薄い夜着の合わせの間から私の股間に手を差し入れた。

「……っ！」

下着は付けていたがその上から手が触れる。

他人に触れられることはなかった、ましてやそんな場所に触れられるなんて。

「少し触れる。前もいきなりは入らなかっただろう？」

前なんてない。こんなことしたことはない。

「香油がないから我慢してくれ……」

交合の時、男性は受け入れる場所がないから特別な香油を使うのだと知っていた。知識として教えられていたから。

それを局部に塗ることで筋肉を弛緩《しかん》させ、痛みを軽減させるのだ。

それが無いとどうなるのだろう。

このまま……、抱かれたら彼の心に私は残るだろうか？　リッカを求めているのに他の者を抱いた罪悪感として消されずにいられるだろうか？

そんな考えが頭を掠める。

「あ……っ」

大きな手が、下着を剥いで性器を握る。

羞恥《しゅうち》で身体が熱くなる。

誤解です、私は誰ともこんなことをしたことはありませんと拒むべきだろうか？

でもここで拒まなければ、彼に抱いてもらえる。

だめ、正常な思考ができない。

たとえどんな理由であっても、トージュが自分に触れているのだと思うと、これが最初で最後のチャンスだと思ってしまう。

恥ずかしくても、愛されての行為じゃないとわかっていても、拒めない。

前を握られ、擦られて、身体が反応する。

他人の手に『される』感覚は、奇妙で、扇情的《せんじょうてき》で、恥ずかしいほど簡単に前を勃《た》たせる。

淫《みだ》らに崩れる顔を見られたくなくて顔を背け、快感に耐えるためにシーツを握り締める。

ソコ以外への愛撫《あいぶ》はなかった。

求めているのではなく、必要だからしているというように。

そんな行為でも、性的な興奮は私を絶頂へ追い上げていく。

「するなら、早くしてください……、もう……」

じくじくとした熱が彼の手の中に集まってゆくのを感じて急かす。

トージュは手を離し、服のポケットから何かを取り出した。

何をしているのかと目だけを動かして様子を見ると補充薬の瓶が手にあった。

栓を口で咥《くわ》えて抜き、プッと吐き捨てて瓶の中身を窄《すぼ》まった場所に零す。

「冷た……っ」

「我慢しろ、香油の代わりだ。何もないよりはマシだろう」

粗相をしたように股間が濡れる。

その液体を纏った指が中に差し込まれた。

「あ……っ、いやっ！」

思わず声を上げ、彼の指をきつく締める。

「解《ほぐ》さないと辛いだろう」

中を探るようにゆっくりと指が動く。

薬が下肢《かし》から染み入って、その熱が快楽に繋がる。

「あ……ぁ……」

怖い。

感じたことのない感覚に全身が総毛立つ。

大き過ぎる快感と違和感、いつもと違うトージュ、その全てが急に恐ろしくなる。

逃げようとして身を捩《よじ》ったが、指が差し込まれたままの下半身が付いてこない。

顔を伏せ、必死にシーツにしがみつく。

「……エリューン？」

「やく……、早く……」

「……まさか、初めてなのか？」

気づかれた？

「早く……っ」

私を抱いて。

私を忘れないで。

今だけでいいから。

この先もずっと私のことが頭から消えないように。

罪悪感でいい、後悔でいい。だから私をあなたの中に残して。

「早くっ！」

指が引き抜かれる。

誤解に気づいてこれで終わりにされるのかと思ったけれど、引き抜かれた指の代わりに硬いモノが当たる。

「エリューン」

グッと異物が身体の中に押し込まれる。

「すまない」

「……ひ…っ、あ……っ」

反射的に涙が零れる。

腕が、私を抱いた。

シーツを握っていた手が引き剥がされ、彼の身体に回される。しがみつくものが欲しくて、彼のシャツを強く握る。

長い彼の髪も一緒に掴んでしまったけれど握り直す余裕もない。零れてくる彼の黒髪が頬に触れる。

唇が涙を拭うように頬に触れてから、また口づけされた。

初めて、彼の舌が私の口の中で動く。

絡めてくるから彼の舌を吸うように求めた。

突っ込まれた場所が熱を帯び、動かれるとズキズキと痛んだ。

その痛みが、彼に抱かれているのが夢ではないと教えてくれるから、それすらも享受《きょうじゅ》し、快感へと繋がってゆく。

「は……っ、あ……」

快感が、与えられる魔力が、全身を侵してゆく。

魔力の相性がいいと『とてもいい』のだと、下卑た顔で囁いた声が記憶を掠め消えてゆく。

そうか、私とトージュは相性がいいのか。それなら彼も少しは快感を得てくれているかもしれない。

嫌な思いだけで終わらないのならよかった。

「あ……トー……。ン……」

彼の名を呼びそうになって声を呑み込む。

呼んではいけない。これは魔力供給でなければいけないのだから。

グッと押し込まれ、何度も突き上げられる。

勢いで身体が上にズレてゆく。離れてしまいそうで、より必死に彼に抱き着く。繋がって、離れるはずなんかないのに。

「あ……」

突き上げられた奥が疼《うず》く。

「や……っ」

波のように快感が生まれ、押し寄せるたびに強くなる。

……呑まれる。

「……イ……ッ」

堪えようと全身に力を込めたが無駄だった。

パアッと頭の中が白く光ると同時に、果ててしまう。

「……あ……」

同時に全身の力が抜けた。

追いかけるように、彼が二、三度突き上げ、お腹の中から熱が広がってゆく。

魔力だ。

トージュが、私でイッた。

私でもイッてくれた。

熱は内側から全身に満ち、性交の快感とは別の愉悦《ゆえつ》に浸る。トージュが、私の全身を満たしてくれている。

ずるりと彼が繋がりを解く。

「エリューン……、すまなかった」

「……何を謝るんです。私が望んだことなのに」

「だが君は初めて……」

「もう魔力は受け取りました。馴染ませるために休みます。出て行ってください」

「しかし……」

「魔力が回復しなくて混乱していたんです。私も忘れますから、あなたも忘れてください。これは魔力供与の行為、……それだけです」

だから優しい手つきで髪を撫でないで。

後悔を顔に滲《にじ》ませないで。

「後で傷薬を……」

「魔力が戻ったんです。自分で治癒をかけますからお気になさらず」

身体を離して起き上がった彼が身支度を整える音が聞こえる。

小さなため息が聞こえる。

私は顔を背けたままでその小さな音達を聞いていた。

やがて扉が開き、閉まっても、ずっと顔を背けたままでいた。

何て愚かで浅ましいのかと、自己嫌悪に陥りながら。


トージュの魔力を受け取り、それが呼び水となったのか自分の魔力も戻ってきた。

けれど私は彼の付けた傷を治すことはしなかった。

その痛みさえ愛しくて。

血の付いたシーツは人目につかないように処分したけれど。

目を閉じて、数日ぶりに夢も見ない深い眠りを得た翌日、魔術の塔へ行こうとすると、通路の途中でトージュと会ってしまった。

心配で待っていてくれた？　と一瞬思ったけれど、偶然だろう。

「体調は？」

「万全ですよ。仕事があるので、失礼します」

「エリューン」

「何かご用事が？　忙しいので手短にお願いします」

「……いや、特に用事はない。……すまなかった」

「謝罪されることなど何一つありません」

「だがオーガスではなく……、いや、いい」

どうしてここでオーガスの名前が出るのか。問い返したかったが、そのまま魔術の塔へ向かった。

何もなかった。

何もしなかった。

それでいい。

なかったことにしてしまえば、今までと同じように接することができる。たとえ胸に乾かぬ傷を抱えたとしても、それは自業自得。

本当に、混乱していたのだろう。あんなことを望むなんて。

魔術の塔に向かうと、魔力回復ができないことについて調べてみた。

補充薬の副作用の報告はなかったが、やはり精神的なものが影響するという文献はあった。

恋人を亡くした魔法使いが暫く魔力が低下したとか、子供を失った者が一年間魔法が使えなくなったとか。

これからスタンピードが始まるのだ。

私は皆を守らなければならないのだから、精神を安定させなければ。

数日間は魔術の塔で結界についての講義を行った。

傲慢《ごうまん》な年寄り達にイライラしたが、その分彼等に遠慮なく辛辣な言葉を向けられたので少しだけ憂さを晴らすことができた。

エルネストから、オーガスが王位を譲ると言ってきたが知っていたのかと訊かれたけれど、あの男の考えることなど私にはわかりませんよとごまかした。

その翌日、部屋での朝食を終えて久々にリッカの顔を見ようとオーガスの部屋へ向かうと、ドアの前でトージュとバッタリ会ってしまった。

「オーガスに会いに？」

「リッカにです」

問いかけに短く答えて扉を開ける。

トージュは軍のことでオーガスに相談があるようだったので、私とリッカはバルコニーへ出た。恐らく、リッカには聞かせたくないことも話すだろうと思って。

「エリューンも遠征に行くの？　結界はもう修復したんでしょう？」

「破られる恐れもありますし、攻撃魔法も使いますから」

「炎とか氷とか？」

「炎とか氷とか。他にも色々ですね」

相変わらず子供のような問いに心が安らぐ。

「見てみたいなぁ。結局まだ派手な魔法って見たことないから」

「戻ったら見せてあげますよ。戻ったら、すぐに森へ帰りましょう。もう城はこりごりです」

「……あのね、エリューン。俺、決めたことがあるんだ」

「決めたこと？」

「うん。俺、エリューン達と一緒に遠征に行く」

「何を言ってるんです。あなたは魔法も剣も使えないのに」

驚いて彼を見ると、リッカは覚悟を決めたような顔をしていた。

「オーガスに、魔力保持者だってバレた。いや、バラした、かな？　魔剣って魔力を消費するんでしょう？　だからオーガスの魔力供給者として付いてく」

「彼がそう望んだんですか？」

「ううん。まだ行きたいってことも言ってない。言うと反対するだろうから」

「当たり前です。私だって反対です」

「でも俺はオーガスを守りたいんだ」

「守る？」

「彼に死んで欲しくないから、彼が死なないで済む手段を俺が持ってるなら側にいたい」

「また『誰か』の役に立ちたい、ですか？　それにしてもリスクが……」

「違うよ、エリューン。『誰か』じゃないよ、オーガスを守りたいんだ」

その言葉に私は目を見張った。

その目から空虚さが消えている。心なしか、自信に満ちているようにも見えた。

「俺ね、ずっとみんなに守られてた。家族にも、村の人にも、エリューン達にも。でもわかったんだ。俺は守られたかったんじゃなくて、守りたかったんだって。役に立ちたいっていうのとはちょっと違うと思う」

「……オーガスが好き？」

問いかけると、リッカは小さくヘヘッと笑った。

「多分。一番失いたくない人だと思うから」

ああ、よかった。この子は心の傷を自分で癒すことができたのだ。ぽっかりと空いた心の穴を埋めることができたのだ。

それがオーガスだというのが心配だけれど。

「オーガスがあなたを愛さなくても？」

「見返りが欲しくて好きになったわけじゃないから。ただ、俺が泣く時には側にいて欲しいと思うけど」

そうか、彼は泣けたのか。この世界に来てから、私が見ている前では一度も泣かなかった。毎夜魘《うな》されていようとも、笑い続けていた。

私と同じように、仮面を付けてごまかしていた。

でももう彼は私とは違う。傷もなく、真《ま》っ新《さら》な気持ちで好きな人に向かっていくのだ。恐らく、オーガスはそれに応えたのだろう。

この子の恋は叶ったのだ。

「……仕方ないですね。あなたが自分で決めたことなら反対はできません」

「うん、覚悟はできてる。万が一があっても、オーガスを責めないでね？」

「それは約束しません。それに、あなたを死なせたりしません。きっとあの男もね」

バルコニーからは、花を付けた木々が見えた。

陽は明るく、何かが終わったような清々しさを感じた。

「リッカだから教えますけれど、私は本当はずっと誰かに守って欲しかったみたいです。ずっと誰かを守るために魔法使いを続けていたけれど、何もしなくてもいいと甘やかされたかったみたいです」

「俺と反対だね」

「そうですね」

お互い、顔を見合わせて微笑む。

「怪我は私達魔法使いが治癒することができます。魔力枯渇も薬品や供給者からの提供で間に合えば問題ありません。ですが欠損と即死には対処できません。それは覚悟してください」

「生きてれば何とかなる、だね？」

「まあそうですね。遠征当日は、私も騎士服を着るんですよ、白いのを」

「目立つでしょう？」

「目立って守ってもらうんです。リッカは淡い青がいいですね」

「騎士服は動きにくいよ。生地も厚いし」

「身を守るためです。防火、防水、防魔法ですから。その代わり兵士は防具を持ちますが、騎士は防具を持ちません。攻撃に全フリです」

「エリューンは防具持つ？」

「防御結界を自分に張れるのに？」

「……なるほど」

穏やかな気持ちでリッカと話をしながら、トージュの潰《つい》えた想いを憐れんだ。

私も成就しなかったけれど、彼もまた成就しないまま恋を終わらせるだろう。

それを喜ぶ気にはなれなかった。次には実る恋をして欲しいと願った。

だって、私ではどうにもならないから。

「スタンピードなんて、起きなければいいのにね」

リッカが思わずというように呟いた。

しまったという表情を浮かべた彼に、微笑んで同意を示す。

「そうですね」

スタンピードなんてものがなければ、私はオーガスに必要とされず、王子やその側近の側に行くこともなかっただろう。

視線がトージュに向く。

そうすれば、彼を愛することもなく、こんなに苦しむこともなかっただろう。

浅ましい自分に気づいて自己嫌悪に落ち込むことも。

「あなただけでも幸せになれてよかった」

「エリューンも幸せになるよ。俺が予言しておく」

「あなたの予言ですか？　では期待しましょう」

その後数日は緊迫しながらも平穏な日々が続いた。

けれど不幸とはいつも突然やってくるものだ。

伝言を持ってきた人間によると、いつものようにスタンピードの対策を話し合っている議会の開催中、届いたらしい。

赤目の出現を確認、同時に多数の魔獣が出現。常駐軍と特別隊が交戦中、と。

終に来たか、というのが最初の感想だった。

オーガスはその場で王の座をエルネストに譲位し、エルネストはオーガスの留守の間だけと注釈を付けてそれを受け入れたらしい。

間を置かず部屋を訪れたリッカに、前回の討伐の時に着ていた白い騎士服を薄青に染め上げたものを渡した。

「これは魔法を通さない作りになっています。多少ならば刃物も防げますが、魔獣の爪には効果が薄いでしょう」

説明しながら彼の着替えを手伝う。

「リッカ、後悔はありませんね？」

もう一度、確認するように訊く。

「うん。俺ね、泣けたんだ。声を上げて泣いた。その場所を失いたくない。……エリューンは泣けた？」

彼も確認するように答えた。心は揺らがない、と。

「……私は無理ですね。でも、『誰か』の役に立ちたいというのではないのなら、可愛い弟の願いは聞き届けてあげましょう。さ、急ぎますよ」

「うん」

騎士服に着替えた私達が正面玄関に現れると、その場にいた全員が驚いた顔をした。兵士達だけでなくオーガスも、トージュも、エルネストも。

「どういうつもりだ、エリューン」

オーガスは、リッカではく私に尋ねた。

「どうって？　弟を連れて行くだけです」

「リッカを連れて行く理由は？　危険に晒すだけだぞ」

「彼が望んだからです」

きっぱりと答えると、今度はリッカに向かって詰問《きつもん》した。

「何のつもりだ」

「最初に俺に訊くべきだと思うんだけどな。行きたいから行く」

けろりとした顔で答えるリッカに、彼は苛立ちを隠さなかった。人前だというのに、余裕のない。これが痴話《ちわ》ゲンカに見えるとわかっているのだろうか。

「そういう問題じゃない」

「道中はエリューンの馬車に同乗する。向こうに着いたらオーガスと一緒にいる」

「俺は最前線だ」

「なら最前線に」

「リッカ」

「俺がいれば魔力切れを心配する必要はないでしょう？」

「お前を供給者にするつもりはないと言った」

「じゃあ、別の理由。役に立たなくても必要だとか、自分の好きなように生きろって言ってくれたでしょう？　泣ける場所を守りたい。もう二度とあんなふうには泣けないから、大切なその場所をまた失うのは嫌なんだ」

「あれは……！」

「泣かせた責任取ってね」

やはり、彼がリッカを泣かせたのか。

オーガスを置いて、私の元に向かおうとするリッカの腕をトージュが捕らえた。

「残りなさい」

真剣な眼差し。リッカの身を案じているのだろう。

「留守番してる間にみんないなくなるなら、一緒に付いて行けばよかったって思わせないで。俺、じいちゃんから免許皆伝もらったから」

リッカの言葉に、トージュは酷く困った顔をしたが、捕らえていた手から力を抜いた。彼の覚悟が伝わったのかもしれない。

「これ以上、何も訊かないんだね？　なら俺は行くよ」

そしてリッカが私の馬車に乗り込むと、すぐに出発だ。

無力な彼を戦場へ連れて行くことは心配だったが、戻れとは言わなかった。戻って一人生き残っても虚しいだけ。彼に傷を一つ増やすだけだから。

その分、馬車の中で戦いについて説明をした。到着したらどういう戦いをするか、オーガスがどこにいて、私やトージュがどうするかも。

こちらが心配しているというのに、リッカは私を気遣い、魔力が切れたら自分を呼んでくれ、血をあげるからと言ってくれた。

「ふふっ、血もあんまりねぇ。あなたが怪我をしないでいるのが一番です。トージュも、オーガスもそれを望みますよ」

みんな、あなたが大切なんです。

「生きるために死に物狂いで戦うけど、一人で生き残るのには意味がない。生きるならみんな一緒がいい。忘れないでね、エリューン」

訴えるような視線。

「あなたも、死に急がないと約束できますね？」

「絶対に。『死にたい』のと『死ぬ覚悟がある』のは別だもの」

「いい子です」

と頭を撫でると、また「だから、俺は成人男子だって」と怒っていた。

子供扱いではなく、上手に隠しているつもりで傷を晒したまま笑っているあなたを見ていると、皆守りたくなってしまうんです、と言ってやりたかった。

オーガスも、さっきの醜態《しゅうたい》を見ればリッカに真実心を傾けているのだろう。

トージュも、オーガスが手を離したのに人前でリッカの腕に手を伸ばすほどあなたを想っている。

そして私も、あなたと森で過ごした日々は穏やかだった。自分に似たあなたが心配で、手を貸して、せめてあなただけには安寧《あんねい》を与えたかった。

そして私の恋は叶わなかったけれど、あなたの恋が叶うように祈っている。

このスタンピードが終われば、もう私は誰にとっても必要な人間ではなくなる。

リッカ、あなたにさえも。でもそれは喜ばしいことなのでしょう。

これが終わったら、私は一人であの森へ戻ろう。

その時には、大切な弟は城で幸福に暮らしているという夢が見られるだろう……。


行軍中も、着々と報告は入った。

結界のお陰で被害の拡大は免れているようだが、数が増えた上に飛翔タイプの魔獣も出てしまった。飛翔タイプは剣が届かないから、魔剣士と魔法使いしか対処できない。

弱かろうと、小型であろうと、一番の戦力をそこに割《さ》かなくてはならないのは辛い。

今回出現した赤目は角のある狼のような四足獣。

前回の、文字通り猪突猛進だった身体が大きいだけのものとは違う。動きも早く、知能もあり、何より魔法を使うらしい。

結界の存在を理解し、その繋ぎ目である魔石を狙って攻撃を仕掛け、こちらが討って出るとすぐに森の奥へ姿を消すらしい。

やっかいな相手になるだろう。

夕暮れに離宮を臨み、宿営地へ到着する。

到着して驚いた。

騎士達が応戦しているというのに、魔獣達が結界ギリギリのところまで来ていたのだ。

知恵が付いたなら強い相手が待ち構えている場所は避け、戦闘は森の奥で行われていると思ったのに。

知恵が付いたからこそここに来ているのだとすると、狙っているということだ。

結界を？　それとも人が集まる場所を？　どちらにしても始末が悪い。

「リッカ！」

オーガスがリッカを呼んだ。

「お前はここで待っていろ」

「オーガスは？」

「赤目が近い。すぐに出る」

「じゃ、一緒に行く」

「足手まといだ、ここで待て」

「ならないよ。行く」

医薬品を詰めた掛けカバンをリッカにかけてやりながら、まだ何か言おうとしたオーガスに進言する。

「連れて行ってあげてください。彼は有益です。わかっているでしょう？」

彼はあなたの魔力供給者になりますよ、と。

「それなら、お前の側にいた方がいいだろう」

「彼は私よりもあなたを選んだんです。ここで置いて行くなら、二度と近づかせません。あなたが呼び寄せたんですよ？　この子を一人にしないでください」

「戦えない者は危険だ」

「ではあなたが守りなさい」

「戦いに集中できん」

私はリッカを振り向いた。

「リッカ、オーガスより前に出ないと約束できますね？」

「約束する」

リッカが頷いた時、聞いたこともないような凄《すさ》まじい咆哮《ほうこう》が空気を震わせた。

「赤目だ！」

声が上がる。

「近いぞ！」

待機していた者達が声を上げながら剣を抜いて飛び出して行く。宿営地からあっと言う間に人がいなくなった。

「クソッ！　離れるな！」

「絶対に」

連れて行くと決めて走り出したオーガスを追って、リッカも駆け出す。

「ナツ！　戻れ！　それは殺す刀ではない！」

悲痛なトージュの声。

ああ、私はあんなふうに呼んでもらったことがあっただろうか。

「フユ兄、自分の守りたいものを守って！　絶対に離さないで！　離れたら最後ってわかってるでしょう？　大切なものを間違えないで、失くしたらそこで終わりなんだよ！」

振り向いてそれだけ言うと、リッカの姿はオーガスと共に森の中に消えた。

「……気づいていたのか」

トージュはその場に立ち尽くしたまま、二人の向かった方を見送っていた。今彼の心の中はリッカのことでいっぱいなのだろう。この状況で呆然としているのだから。

……もう、いいかな。

「……追いかけたらいかがですか？」

残されて呆然としているトージュに声を掛けると、彼が振り向く。

「リッカが心配なら一緒に行っていいのですよ？　赤目が相手ならオーガスもあなたの助けを必要とするでしょう」

するだけのことをして、全部終わらせよう。

何も言わず、彼はじっと私を見つめたままだった。

見つめられ過ぎて居心地が悪くなり、ふいっと目を逸らす。

「私は他の騎士と出ます」

「……オーガスはあの子を守るだろう。ナツも、もう私の手を必要としないようだ」

「ナツ？　誰のことです？　リッカが心配なのでしょう？」

知らない名前が出て、視線を戻すと、何故か彼は笑っていた。

「別れた時には小さかったんだ、まだ。一人残したことをずっと心配していた。成人男子か……。

そうだな、リッカはもう立派な大人だ」

向かい合って立つ私達のところへ特別隊の騎士の一人が駆け寄った。

「トージュ様！　エリューン様！　新たな飛翔体の群れが出たと報告が、そちらへ向かってください！」

「すぐ行きます。トージュ、見失わないうちにリッカ達を」

「自分の守りたいもの、か……。飛翔体へ向かおう。魔法でなければ対処できないだろう？」

「私が連れてきた他の魔法使い達と向かいます。あなたは……」

「私は君を守る」

宣言するように言い切ると、少し目を泳がせて続けた。

「オーガスでなくて悪いな……」

「は？　オーガスは赤目を倒すのが目的でしょう。何をおっしゃってるんです？」

意味のわからないことを言い出したので睨むと、更に目が泳いだ。

「そうだが、それでいいのか？」

「そうでなければ困りますよ」

「お二人共、こちらです、早く！」

もう一度促され、私は小さく舌打ちして走り出した騎士を追った。

当然トージュも付いてくる。

どうして私を守るなんて。あなたが守りたいのはリッカでしょう。

……そうか、私が魔法使いだから警護に付くという意味か。彼は仕事に忠実だから。

森を駆け抜けると、現場では既に交戦中だった。

空には小型の翼竜が舞っている。

クチバシの尖《とが》ったそれは、時折滑降してきては魔法の使えない兵士を襲っていた。

「魔剣士以外は撤退！　魔剣士は私を先頭に半円隊形を！」

トージュの声が飛ぶ。

「エリューンは後方、円の中心から魔法を！　騎士の守りから外へ出るな！」

ごちゃごちゃした私情は一旦捨てよう。ここは戦場だ。

「氷で固めて落とします！」

火炎よりも氷の方が魔力の消費が少ないのでそう叫ぶ。きっと戦いは長丁場になるだろう。

補充薬は持っているが、温存した方がいい。

魔獣は私が強敵と見たのか、攻撃を集中させてくる。けれど飛んでる彼等に地上の攻撃が届かないように、飛んだままでは攻撃ができないから地上に下りてこなければならない。

下りてきては騎士の餌食《えじき》になってゆく。

氷で翼を固められたもの達も落下し、首を落とされてゆく。

二十ほどいた飛翔体はすぐに殲滅《せんめつ》した。

だがほっとしたのもつかの間、今度はもっと大きいものが二体姿を現した。

今までのものの十倍はあるだろうか？　翼で影ができるほど大きい。先ほどのものより鳥に近く、胸元に羽毛が見えるが翼は鱗で覆われ、顔はトカゲに似ていた。

空は、血のような朱い夕暮れから真っ暗な夜に変わろうとしている。完全に暮れてしまったら人間の方が不利だ。

魔獣は夜目が利く。けれど人は明かりが必要。連中は明かりを目指して襲ってくればいい。

「暮れる前に奴らを倒すぞ！」

トージュもわかっているのだろう、そう叫んだ。

「下りて来たら合図で一斉に剣勢を放つ。逃すな」

「ハッ！」

だがその二体は下りて来なかった。

上空を旋回し、叫ぶように口を開けたかと思うと火球を放ったのだ。

咄嗟に結界を張ったが、半円陣の端にいた者には間に合わず火に包まれるのが見えた。

「魔法を使うぞ！」

「魔法使いの増援を！」

「魔法使い達の遅い足で間に合うものか！」

氷の魔法を放ちながら、火に包まれた者に水を放って燃え移った火を消す。

ああ、今リッカがいたら、『凄い、魔法だ！』と喜んだだろう。それを想像すると、少し緊張が解れた。

「トージュ、怪我をした者に治癒をかけて参戦させますか？　宿営地に戻しますか？」

「戦わせろ！」

定着させていない結界の魔法が消えると、魔剣士達は一斉に剣勢を放った。

青白い魔法の光が魔獣に向かって飛んでいく。

言われた通り騎士に治癒をかけていると遠くから声が聞こえた。

「陛下が赤目と遭遇した模様！　アルマン隊は連絡が取れなくなりました！」

近くにいた騎士がトージュに話しかける。

「トージュ様、赤目が倒れれば魔獣は弱体化するはずです」

「期待で手を緩めるな！　勝敗が決するのは何時《いつ》かわからないのだぞ」

オーガスが倒れる場合もある、と考えてすぐに打ち消した。オーガスが倒れれば、側にいるリッカも無事では済まない。

言っている間にも、また魔獣が火球を放ち、防御結界で打ち消す。

火球は結界に当たって四散した。

「エルドン、バークス、右のに集中して剣勢を放つぞ。顔を狙え」

「はいっ！」

トージュと他の騎士がタイミングを合わせて一匹の顔を狙う。トージュの剣勢が上手く目に当たり、もがいたところで私が翼を凍らせた。

「落ちたぞ！」

一斉に騎士達が暴れる魔獣に駆け寄り直接攻撃する。もう一体も、次の火球を放つ前に翼を固めて落とした。

「まだいけるか、エリューン」

「まだまだいけます」

「では来い！　次を探す」

落ちたものは他の騎士に任せ、トージュが走る。

陽が落ちる。

夜に、魔法を使う飛翔体を見逃すわけにはいかない。戦闘中に上から襲われては防御ができずに被害が大きくなってしまう。

夜の帳が全てを覆い尽くしてしまうと、暗闇の中、周囲を照らすために大きく光の魔法を空に放って魔獣の姿を確認する。魔獣の影を見つける度に横でトージュ達が剣勢を放つ。

その途中に、地上の魔獣とも何度か遭遇し、交戦し、対応する騎士達を残して進む。

走ることに疲れてきた頃には、走っているのは私とトージュだけだった。

「……止まってください。薬を飲みます」

声を掛け、足を止める。

「大丈夫か？」

「ええ。ですが、一度宿営地に戻りましょう。夜も深くなりました、これ以上は飛翔体もいないでしょう」

ここへ来るまで何体も倒したが、先ほどから空を光らせても魔獣の影は見当たらない。

「あなたも飲んでください。魔剣を使ってるんです、魔力が減っているでしょう」

持っていた最後の二本のうち一本を彼に渡す。

「私はいい。それはエリューンのものだ」

「私を守る人が先にへバッては困ります」

「……ではもらおう」

彼が瓶を受け取り、口を付けてからこれが最後なのだと伝えた。

「もう予備はないんです。ですから、宿営地に戻りましょう」

「どうしてそれを先に言わない！」

薬でむせそうになりながら叱る彼に肩を竦めてみせる。

「そう言ったら飲まなかったでしょう？」

「……戻ろう。歩けるんだな？」

「歩けますよ。歩けるうちに戻りたいんです」

暗い森は静かだった。

微かに交戦する声が聞こえるが、かなり遠そうだ。

「オーガス達は赤目を倒せたでしょうか？」

「……心配か？」

「オーガスの側にリッカがいるんですよ？　心配じゃないわけがないでしょう。あの子は死にたがりじゃありませんが、オーガスのためになら命を捨てるかもしれません」

「あの子は強い。強くなったようだ」

「わかったような言い方ですね。さすがによく見ているだけのことは……」

「エリューン！　伏せろ！」

訳知り顔で言われ、ちょっとムッとして言い返したところで彼に飛びかかられ、押し倒された。

強《したた》か頭を地面に打付《ぶっ》けてしまうが、文句は言えなかった。

倒れた私達の頭上を、一体の魔獣が跳んでいったから。

トージュはすぐに私から離れて剣を抜いた。

向けられた騎士服の背中が破られ、血が見える。

「トージュ！」

「治癒はいい、攻撃を先にしろ！　こいつを倒すのが先だ！」

襲ってきたのは大きな猫型の魔獣だった。

私達は猫型と相性が悪いらしい。前の時も薬を失った時に襲ってきたのは猫型だった。

猫型は気配を消すのが上手く、近づく気配が読みにくい。しかも今回は地面を抉《えぐ》るほどの長い爪を持っていた。あれがトージュの背を裂いたのだろう。

一先ず明かりをと思って光を灯してギョッとした。

「……囲まれてる」

森の中に光る目が幾つも見えた。

「この光に気づいて近くにいる者が駆けつけるだろう。それまで結界を張って、中にいろ」

「なに言ってるんです」

「早く！」

結界を張って？　また私一人が生き残れと？

一人だけ生き残っても、意味がないのに。

『生きるために死に物狂いで戦うけど、一人で生き残るのには意味がない。生きるならみんな一緒がいい。忘れないでね、エリューン』

リッカの言葉が蘇る。

ええ、死にたいわけではないんですよ。

生きて、あなたが幸せになるところは見たい。けれど、それよりもトージュを失いたくない方が優先なんです。

私がこんな気持ちになることを知って、あの言葉をくれたんでしょうか？

魔力配分はしていた。まだ攻撃魔法は放てる。

私は腕を構えて周囲に火炎を放った。

「エリューン」

「木が多くて着実に仕留めるのは難しいです。襲ってきたら倒してください、必ず」

動きが早い。

一匹は直撃を当てて倒せたが、他は避けられた。

「開けた場所へ出ましょう」

「近くにはない」

「なら、ここを開けた場所にします」

風を使って周囲の木々を倒す。

身を隠す場所がなくなれば、魔法も剣勢も当て易い。

「せめて前へは出るな！」

「わかってます」

もういい、と思ってしまった。

私の大切な人達は皆幸福を掴んだ。オーガスはリッカを、リッカはオーガスを得た。エルネストも恋をして、その相手と結ばれる。

トージュも、平和になれば誰かを妻に迎えるだろう。

赤目はきっとオーガスが倒してくれる。赤目が倒れればスタンピードは終わる。結界の張り方は他の魔法使い達にきっちりと教え込んだ。

私を必要とする者はいない。

もう、『これから』を考えなくてもいい。

魔力は安定している。決して弱気になって混乱しているわけではない。満足しただけ。

「エリューン！　打ち過ぎだ！」

魔力を残すことを考えずに魔法を放つ。

トージュだけを守るために。

たった一人で放り出されたあの日から、私は誰かに守られたかった。大切にされたかった。

守って、大切にしてくれた人達を失ってしまったから。でもそれを認められなかった。認めてしまったら、そうされないことを悲しいと思ってしまうから。

大事にはしてもらった。満足のある生活、教育、地位。

けれど本当に自分が求めていたのは、真綿で包むように大切にされること。

リッカが、ずっと誰かを守る側になりたかったと言った時に、気づいてしまった。

私達はきっと合わせ鏡、正反対だったのだと。

大切にされて、愛されて真っすぐに育って、その人達に恩返しもできずに失ったから守り手になりたいと思ったリッカ。

大切にされて、愛されてはいたけれどそれを十分に享受する前に取り上げられ、悲しくて、もっと大切にされたかった、愛して欲しかったと、守られる側になりたかったのに守る側になってしまった私。

あの子の本質は慈愛。でも私の本質は餓鬼《がき》。

ここでトージュを守って、彼の心に残りたいと、嘘をついて抱かれた時と同じように彼の心に傷を付けてまで自分の欲を満たそうとしている。

最後の一匹の首を、トージュの剣が打ち落とすのが見えた。

私の魔力が消えてゆくのに合わせて、空に放った光も消えてゆく。

「エリューン」

駆け寄って、頽《くずお》れる私をトージュが抱き支える。

その背に手を回して傷に治癒をかける。なけなしの魔力で。

「治癒などいらない！　自分の魔力を温存しろ！」

「……もう、魔力供給はしないでください」

「……嫌でも、生きるために我慢しろ」

彼の手が顎を取る。その手に手を重ねて首を振る。

「嫌なんじゃありません。……満足したんです」

身体が冷たくなってゆくのを感じる。

「やらなければならないことは全てやり終えました」

「オーガスがリッカを選んだことがそんなに辛かったのか？　ならば何故オーガスに好きと言わなかった」

「……何言ってるんです」

穏やかに目を閉じようと思っていたのに、突拍子もないことを言い出され、目の前の顔を睨みつけてしまう。

「……君はオーガスが好きなのだろう？」

「バカなことを言わないでください！　私は……」

声を上げてしまって咳き込む。

「エリューン」

彼の汚れた騎士服を震える手で掴む。

「私は……、ずっとあなたが好きだったんですよ。あなたがリッカを愛していても。でも、オーガスに取られてしまいましたね……」

せめてもの厭味で嘲笑《あざわら》うと、図星を刺されたトージュは目を見開いていた。

光が完全に消え、辺りが暗闇に包まれる。光に慣れていた目に、その暗闇は余計に強く、月明かりでは何も見えなかった。

いや、もう魔力が尽きて視力が落ちたのかもしれない。

「面倒でも……、私を宿営地までは運んでください……。行方知れずだとリッカが……」

身体が震えて声が出せなくなる。

何が希代の魔法使いだか。何度も魔力枯渇を起こすなんて、魔法使いとしては最低だ。

「……しんぱ……、探しに……」

唇が動かない。

呼吸が苦しい。

その唇に、唇が重なる。

まだ私を生かそうというのか。

「やめ……」

顔を振って逃れても、唇は追ってきて深く口づけられる。

いらないと、呑み込まずにいたけれど、呼吸をするために口の中に溜まった唾液を呑み込まざるを得なくなりゴクリと喉を鳴らすと、前よりも薄い熱が広がる。

彼の魔力も減少している証拠だ。

「エリューン様！　トージュ様！」

遠くから私達を呼ぶ声が聞こえる。

「どちらにいらっしゃいますか！」

「こっちだ！」

トージュが唇を離して応える。

「陛下が赤目を討ち取りました！」

声はだんだんと近づいてきたが、だんだんとはっきりしなくなる。

今のトージュの魔力では、私には全然足りないのだ。これなら眠りに落ちることができる。

目覚めることのない眠りに。

「エリューン様？」

「私もエリューンも魔力切れだ。戦線を離脱する。赤目が倒れたならば大丈夫だろう。そこの魔獣は始末してくれ」

「これをお二人だけで？　わかりました、ご案内します」

ふわりとした浮遊感。

そして私は意識を失った。


濃密な液体の中に、とぷんと落とされる夢を見ていた。

蜂蜜のような粘性のあるその液体のせいで、上手く息ができないのに、苦しくはなかった。

私は、小さい子供だった。

父がいて、母がいて、弟のロイアンスがいて、そんな私達を召し使い達が優しく見守って微笑んでいて……。

幸せだった。

これが当たり前だと思っていたのに、突然全て奪われてしまった。

悲しみを実感するよりも先に、知らないところへ連れて行かれて、大魔法使いの素質があるとか、王室の預かりになるとか、考えもしなかったことを並べられ、大人達の好奇と羨望の目に晒されて、嘆くことを忘れてしまった。

本当は、泣き叫びたかった。

どうしてみんな死んでしまったの？

どうして私は一人になったの？

誰かに、抱き締めて、優しく背を撫でてもらいたかった。いっぱい泣きなさいと、涙を促して欲しかった。

蜂蜜の中、漂いながら零す涙が溶けてゆく。

私の涙に誰も気づかない。

私は頭がよかったし、察しのいい子供だったので、大人達が求める姿を演じることは難しくなかった。

おとなしく、毅然《きぜん》とし、魔法の勉強に勤しむ。

けれどトージュが、トージュだけが、あの夜私を子供のように扱ってくれた。

オーガスも優しかったけれど、彼は自分が王子であることで先に線引きをし、どんなに親しくなってもそれを崩すことはなかった。

でも、いつも礼儀正しいトージュが少しだけ見せた気取らない態度に、彼が線を越えて私の世界に入ってきてくれたのだと思ってしまった。

とんだ誤解だったのだけれど。

私を普通に扱ってくれるからといって、私を愛してくれるわけではない。私だけが普通に接してもらえているわけでもなかっただろう。

でも、気づいた時にはもう彼から心を剥がすことができなかった。

もう理由なんて考えられないくらい好きになっていたから。

「ごめんなさい……」

許されないとわかっていても謝らないでいられなかった。

「何を謝る？」

耳元で彼の声がする。

「……傷つけても、忘れないでいて欲しかった。好きでもない相手を抱かせて、後悔させたかった。嘘をついてでも……」

きっと、私は再び目を開けることになるだろう。

あの人は優しいから、私を死なせてくれない。

死にたいわけではないから、私は目を開けるしかない。これからも生きていかなければならない。

「初めてだったと認めるのか？」

「最初で……、最後です……」

もうくだらないことはしない。

目を開けたら、魔力切れで混乱していたと言おう。別に好きでも何でもない、と。

そして今までと同じような態度で、森へ帰ろう。

誰もいなくてもいい。どこにいても孤独なら、本当に一人でいる方が気が楽だ。

「もう追いません……。だから……、誰かと幸せになっても私に教えないで……」

「では私が追いかけよう」

まだこんな言葉を期待しているのかと、自分が惨《みじ》めなほどおかしくて笑ってしまった。

額に付いた髪を除けるように手が触れる。

「目を開けなさい。私の言葉を聞けるように」

「聞いたら……、泣いてしまいます……。別れの言葉は私から……言います。絶対に」

「では言わせない」

唇に、何かが優しく触れた。

身体が温かくなる。

魔力が流れてくる。

トージュの魔力が……。


明確にそれを感じて、私はバッと目を開けた。

目の前は真っ暗。

それが覆いかぶさるトージュのせいだと気づいたが、すぐに彼は離れた。

「目が覚めたか？」

穏やかに笑う彼の顔に、今、キスしていたのかと問うのが躊躇《ためら》われる。していたとしても魔力供給としか思っていないから笑うのだろうと、言葉を呑み込んだ。

「……ここは？」

代わりに違う質問を口にする。

「王都の、私の別邸だ。魔力切れを起こしたので連れ帰った」

「……討伐は？」

「成功した。オーガスが赤目を倒した」

「そう……ですか、よかった」

「体調は？　丸一日目を覚まさなくて心配した」

「万全です。すぐにオーガスに報告に……」

「オーガスはリッカと共に離宮にいる。暫く愛人と過ごすから王都には戻らないそうだ」

「でしたら、こんなところにいないでリッカのところへ向かわれた方がよろしいのでは？」

「私はエリューンの側にいると決めた」

「あなたの一番はリッカでしょう？　リッカの身代わりは御免です」

「一番、か」

私は大きなベッドに横たわっていた。

トージュは傍らの椅子に座っていたのだが、ベッドへと腰を移した。

「私の一番は君だ、エリューン」

「……何を」

「私は……、日本という国に生まれた」

いつもと変わらぬ穏やかな声が語り始める。

「家族は両親と弟が一人いた。だがある日、病気になって病院、治療院のような場所だな、そこへ向かう途中に事故に遭って、死んだ。恐らく両親もその時に亡くなっただろう。それを思い出したのはこの世界に生まれて三年目、庭の階段から落ちた時だった」

思い出すように、一瞬遠い目をする。

時々見せる、あの目だ。どこか知らない場所を夢見ているような。

「混乱した。けれど死んで、この世界に転生したのだと自分を納得させ、トージュという人生を生きることに決めた。けれど忘れられなかったのは、一人残してきた弟のことだ。両親と兄を一時に失って、あの子はどうなっただろう？　祖父母がいるから生活には困らないだろうが、寂しがって、泣いているのではないかと頭から離れなかった」

病院へ向かう途中に両親と共に亡くなった……。そんな話をどこかで聞いた。

「……『車』に乗っていたのですか？」

問いかけると、彼は苦笑して頷いた。

「そうだ」

『車』を知っている。

この世界には存在しないのに。リッカだけが知るはずの言葉を知っている……。

「リッカから聞いてないか？　兄がいた、と」

「あなたも、彼からその話を聞いたのでは？」

「私の死ぬ前の名前は、藤村冬至《ふじむらとうじ》という」

フジムラ……。リッカと同じファミリーネーム。

「リッカは私の弟だ」

「え……？」

「初めてエリューンのところで会った時に、すぐには気づかなかった。とても似ているとは思ったけれど。離れて十年は経っているんだろうな。育っていてわからなかった。名前を聞いても本当に自分の弟なのか確信が持てなかった」

「どうして……、どうしてすぐに確かめなかったんです？」

「私はもう藤村冬至ではなかった。トージュ・ウェリードだ。だから本物だとしても名乗らずに、あの子が幸せになるために助力することにした。リッカを愛しているが、一番というわけではない。だが兄弟としての愛情はある。望んだことではなくとも、あの子を一人にした贖罪もしたいと思った」

リッカが、トージュの弟。

彼を見つめていたのは、手を離した弟だから。

彼がずっと想っていたのは、残してきた弟？　恋人ではなく？

「オーガスが戯《たわむ》れで手を出さないかと、気が気でなく監視していた自覚はあるが」

「オーガスは……、本気でリッカを望んでいると思います」

「そのようだな。遠征に連れて行く、行かないで圧し負けた時に気づいた。普段のあいつなら、絶対に負けたりしなかっただろう。だからもう心配はしない」

それから、彼は困ったように眉を顰めた。

「エリューンと初めて会った時、私はリッカを思い出した。幼いうちに両親と弟を亡くした君がリッカと重なった」

そうですね。私とリッカは同じではないけれど、環境はよく似ている。

「だから君からも目が離せなかった」

「……弟のように？」

だから優しかったのかと納得しかけたところに、言葉が続く。

「ああ、最初は」

「最初？」

「小さな子供の頃にはリッカの身代わりだったのかもしれない。けれど泣き虫だったリッカと君は違う。君は……、ハリネズミのようだった」

「ハリネズミ？」

「可愛らしいのに、自分の針で自分を守ろうと必死だった。針の下は簡単に傷ついてしまう柔らかな肌なのに。全身で近寄るなと叫んでいた……、ように見えた。君がマードルに襲われているのを見た時、激しい怒りに襲われた。『私の』エリューンに触れるな、と」

え？

「その後、ふいに見せた弱さに心が揺れた。その時に、君はリッカの身代わりではなくなった。だから君を守ってあげたいと思って、オーガスに暫く君に付きたいと願い出た」

「……私に付いたのはオーガスの命令では？」

「そういうことにしてもらった。王子の側近が私情で君に付くなんて許されないだろう？」

待って。頭が混乱する。

「私は……、ずっと君がオーガスを好きなのだと思っていた。よく彼を見ていたし」

「それはあなたが彼をよく見ろと言ったから……。私には横暴な男にしか見えなかったけれど、トージュが彼は立派な王の資質があるからと言ったので、見極めようと……」

「そんなことを言ったかな？　だが確かに彼は王たる者だと思う。私情の全てを捨てて国のために戦っている。だからこの世界で彼を支えることに全身全霊を注ごうと決めたが、……そうか、私の言葉のせいか。けれどリッカが来てからも二人のことをよく見ていたが？」

「あなたと一緒です。あの男がリッカに不埒な真似をしないかと心配だったんです。リッカは『誰かの役に立ちたい』と願ってましたから。身を捧げることが役に立つことだと考えたらそうしてしまうのではないかと……。リッカはずっと、自分が選択を間違えたから悪いことが起きたのだと考えてました。兄達を……、あなたをおとなしく見送らずに『行かないで』と言えばよかった。祖父母の役に立ちたいと引き取られたけれど、結局成人するまで迷惑をかけてしまった。あの子の住んでいた村は豪雨で山に呑まれたそうです。その時も、逃げ遅れた人を探しに行かず、皆と一緒に残っていれば一緒に逝けたのに、と」

「……祖父母も亡くなっていたのか。そのことは、後でリッカに詳しく聞こう。もう一度訊くが、エリューンはオーガスを愛しているわけではない？」

「彼に対して抱いているのは、好意と僅かな尊敬だけです」

「ならば私は？」

問われて顔が赤くなる。

「オーガスを想っているのでないのなら、私にも目を向けてくれるだろうか？」

手が、私の髪に触れる。

「君に手を出すことは弟に手を出すようで、邪まな欲望を抱くことは信頼してくれる君を裏切るようで、ずっと隠していた。だが君が他の男から魔力供給を受けたと聞いて頭に血が上った。魔力供給なら、私も抱いていいのか、と」

「あれは……」

「嘘だった？」

「あなたが、口づけて魔力供給したことを言ったつもりだったんです。あの時も、そうされるのかと……」

彼の手が離れて自身の顔を隠した。掌で隠し切れなかった顔が赤くなっているのがわかる。

「……私が勝手に誤解したのか」

「ご……、誤解されるように誘導はしました」

「私に傷を残すために？」

指の間から、暗い緑の瞳が私を見る。

夢の中の譫言《たわごと》。あれを聞かれていた？

「……魔力切れで混乱して、おかしなことを言ったようですけれど、真面目に受け取らないでください」

「受け取らせて欲しい」

手が外れ、また顔が見えるようになる。

「傷など付けずとも、忘れたりしない。どんな言葉も、忘れたりしない。エリューン、私は君が好きだ、ずっと。他の者に触れさせたくないくらい」

「な……、何を突然……！」

「リッカに言われた。自分の守りたいものを守れと、絶対に離すな、と。大切なものを間違えるな、失くしたらそこで終わりなのだと」

東の森で、別れ際にリッカがトージュに叫んだ言葉。

「いつからなのかわからないが、あの子は私が兄であることに気づいていたようだ。フユ兄と呼んでいたから。あれは子供の頃に私を呼ぶ呼び方だった。だから弟の忠告に従うことにする。あの時、オーガス達を追わないのかと訊いたな？　あの時、私は君を守ると決めた」

確かに、あの時彼は『私は君を守る』と明言してくれた。でもそれは……。

「私が魔法使いだから……？」

「魔法が君の命を救い、魔法使いであることが君の立場を守っているから、今はエリューンが魔法使いでよかったと思っている。だが何度か、エリューンが魔法使いでなければよかったのにと思ったことがある。そうすれば、魔術の塔もオーガスも君から興味を失い、私でも手が届くのではないかと」

理解が追いつかない。

まだ夢を見ているのだろうか？　ベタな確認だが、私は自分の頬を抓《つね》った。

……痛い。

「……何してる？」

「夢かと……」

「……可愛いことをするんだな」

「私は可愛くなんかありません」

「可愛いさ。今も、子供のような顔をしてる。触れるのを躊躇うような」

呆然としている私に顔が近づいて、軽く唇が触れる。

「だが、もう我慢もできない」

もう一度。

その感触は夢ではなかった。

仰向けに寝ていたから、ぽろりと零れた涙が耳に流れてゆく。

「嫌だったか？　今のは嘘だ。我慢はできる」

慌てる彼がおかしくて、泣きながら笑った。

「本当のことを言ってください。……でないと信じられない。私が、あなたに求められるなんて。私こそ、ずっとあなたが好きで、ずっと諦めてました。私の戯《ざ》れ言《ごと》を聞いて慰めてくれてるだけなんじゃないかって疑ってしまいます」

慈しむような視線が向けられ、唇が重なる。

「我慢できない。君が欲しい。君がオーガスを望むのでなければ、彼が君を望んでも渡しはしない」

その背に腕を伸ばしてしがみつく。

「今更慰めだと言ったら、許しません」

指に触れる柔らかなシャツ。騎士服を脱いだプライベートの彼だと、役目ではないと伝えてくれる手触り。

今度はしっかりと重なる唇。

自分から唇を開いて彼の舌を迎え、絡ませる。

トージュの腕も私を抱き締める。

「許さなくていい。今すぐにエリューンを抱きたいと願うほど求めてるのが真実だ」

耳元で宣言するように囁く彼の言葉。もう、信じていいのかもしれない。

「もう魔力切れは起こしません。魔力を求めてあなたを望んでいると誤解されないように」

「そうしてくれ。また魔力供給を理由に他の者が君に触れようとしたら、今度はそいつを手にかけない自信がない」

彼は、珍しく冗談を口にして耳にキスした。

「……冗談、ですよね？」

一抹《いちまつ》の不安を感じて訊くと、彼は何も言わずに唇の端を歪めて微笑んだだけだった。

「君が思うより、きっと私は俗物だ」

何度か繰り返したキスから身体を離し、彼が言った。

「俗物……、ですか？」

「ようやく君を堪能《たんのう》できると浮かれている」

言葉とは裏腹に、爽やかに笑うので戸惑ってしまう。

トージュはそのままベッドを下りて私に背を向け、シャツを脱いだ。筋肉のついた背中は自分とは違う。騎士の身体だ。

「もしエリューンがオーガスを好きだと誤解していなかったら、もっと早くに手を出していたんじゃないかな」

身体を起こし、戻ってきた彼の手にあるものに視線を向ける。

それに気づいて彼は苦笑した。

「嫌？」

それが何であるかを、知っていた。

何度かチラつかせられて口説かれたこともあったし、知識として教えられていたので。

「……いいえ」

「これが何かはわかってるんだな？」

「香油、ですね……」

それは交合を滑らかにするために使われる香油だった。

男性同士や、初めての女性のために使用し、痛みを軽減させると聞いている。

「前の時は……、その……、痛かっただろう？」

『前の時』を思い出して顔が熱くなる。

「あれは魔力供給ですから」

「だが今度は違う。君に負担をかけたくないし、気持ちよくなってもらいたい」

枕元のサイドテーブルに香油の瓶を置き、顔だけを近づけてする軽いキス。

「苦手意識を持たれても困るし」

私を取り込むように身体の両側に手を付いて、もう一度キス。

「今日は我慢しないから、覚悟してくれ」

「我慢していたんですか……？」

強がって問い返すと、彼はまた笑った。

「物凄く」

次のキスは強く押し付けるようなもので、受け止め切れずに仰向けに倒れる。

それでも唇は離れず、場所を移動するだけだった。

唇から顎に、首筋に、そして夜着の合わせから覗く鎖骨へ。

「……わ、私の着替えは誰が？」

「私だ。他の者に触らせたくなかった。誓って、いかがわしい真似はしていない。君の意思を確かめずに触れることはしない。まあ、風呂には入れたが」

「お風呂ですか？」

ということは意識がない時に全裸を見られている？

「戦闘で付いた泥を洗い流した。理性を総動員だな。私は魔力はあるが魔法は使えないので、浄化はかけていない」

「男同士ですから、別に……」

「他の男なら気にならないが、やはり好きな相手ではな。忍耐力は必要だった」

手が、そっと夜着の襟元《えりもと》を開く。

カサついた手が肌を滑る。

他の誰の手でもない、トージュの手。

開いた端から、肌は唇の洗礼を受けてゆく。

かけていた毛布を捲られ、彼が身体を添わせる。

「エリューンは性的なことに疎いと思うが、私は君よりも年上で、俗物だ。騎士として、王の側近として、君に警戒されないように静謐《せいひつ》で品行方正な顔をしていたが、実際は違う。幻滅されないといいな」

「幻滅なんてしません。……騎士だから、王の側近だからあなたを好きになったわけではありませんから」

「こんな男のどこがよかったのか、気になるな。教えて欲しいと言ったら教えてくれるか？」

少し考えてから、答える。

「……乱暴にベッドカバーを外したところです」

「そんなことをしたか？　というかそれが理由？」

真実なのだけれど、納得できないような顔をされてしまった。

「わからなくてもいいです。いつもならきちんと両手で剥がして、畳んで横に置くような人が私の前で粗野な態度を見せてくれたから、あなただけが私の世界に入ってきてくれた気がしたんです」

「それぐらいオーガスもしそうだが」

「あの人はいつも粗野でしょう。他の人の前では崩さない礼儀正しい態度を、私の前だけで崩してくれたから、あなたが私を肩書ではなく私個人として接してくれたのだと思えて、私もあなたを王子の側近ではなくトージュという『人』として見ることができたんです」

「すまない、よくわからない。だが礼儀正しくない方が好まれるのなら安心だ」

「安心？」

「今から礼儀正しくないことをするから」

言うなり、するりと手が私の股間へ伸びた。

直に感じる手の感触に身体が強ばる。

「下着……！」

気づかなかったが、私は下着を付けていなかった。

「意識のない人間に下着を付けるのが難しかっただけだ。他意はない」

それはそうかもしれないけれど、下半身の心もとなさと直接感じる手の感触に顔は真っ赤になってしまった。

「……可愛いな」

「可愛くなんかないです……っ」

「ああ、普段と違う姿を見ると気持ちが傾くというのが今わかった。気を張って、孤高でいようとするエリューンの可愛い顔を見るとそそられる」

「そそられるって。そんな言葉をトージュが使うなんて。

「そ……」

「あ……っ！」

敏感な部分に触れた手が、そこを包みゆっくりと動く。

「う……」

義務でしているのではなく、私を求めてしていることだと思うと、前の時よりも早く熱が集まってゆく。

けれど彼がずっと私の顔を見つめているから、淫らな顔を見せたくなくて唇を噛み締めて耐えた。

声を上げるのさえ恥ずかしい。

何かにしがみつきたくても、彼は既にシャツを脱いでいたので掴まるものがなくてシーツを握り締める。

「エリューン。手を私に」

気づかれて促されたが、首を横に振った。

今彼の身体に手を回したら、思い切り爪を立ててしまいそうだった。

そうしている間にも、快感が身を包む。

「ン……っ」

ただ握るだけでなく、先端を指で擦られる。

我慢できなくて目が潤む。

「う……っ、ふ……っ」

知らず知らずのうちに息を止めていたから、呼吸が苦しくなって吐息が漏れる。それがまた自分ではないような甘い響きを持っていて、羞恥心が煽られる。

「や……」

やっと小さな声で、それを止めてと懇願すると手は離れてくれた。

よかったと息を吐いたが、それは間違いだった。

「トージュ……！」

彼が毛布を捲り、身体を移し、私の下半身へ顔を埋める。

「や……、だめで……っ！」

手よりももっと熱く、もっと柔らかくて濡れたものがソコを包む。

身を縮めるように脚を閉じたが、それを排除することはできなかった。

ゾクゾクするような初めての感覚。

トージュが、私を咥えている。

口に含んで、舌で愛撫を加えている。

長い彼の髪が太股をさらさらと嬲《なぶ》ってゆく。

先端から零れ始めた私の露を丁寧に舐め取り、吸い上げる。

「……ひ…ぁ」

耐えられるはずがない。

「離れ……」

彼の頭を掴んで無理矢理引き剥がそうとしたけれど、力が入らなくて、却《かえ》って彼の頭を自分に押し付けるような格好になってしまう。

それだって、弱々しい力だ。

「あ……。だめ……っ、本当に……」

身を縮めるために立てた膝が彼を挟む。

一度漏らした声はとめどなく零れてゆく。

「トージュ……。で……、出るから……」

羞恥を堪えて現状を訴えたのに、彼がそのまま舌を動かし続けるから、身体を震えさせて私は果ててしまった。

「……あ」

耐えていたものが一気に解放され、力が抜けてゆく。

身体を起こしたトージュがなまめかしく唇を舐めた。

乱れた髪を手で掻《か》き上げて、私を見下ろす。

「まだ、だよ」

挑むような視線に射竦《いすく》められて、身体が逃げる。

見たこともない彼の表情。

戦いに臨む時の真剣な顔に似ているが、もっと……、もっと色気があって、もっと怖い。

「あ……」

思わず背を向けて逃げようとした身体を背後から抱き締められる。

「私が怖いか？」

「いつもと……違います……」

こんな強い感情を向けられたことがなかったから。

「それはそうだ。愛する者を抱いてるんだから」

「食べられてしまいそう……」

本気でそう思ったのに、身体の震えが伝わって彼が笑ったのがわかる。

「そうだな。君を食べ尽くしたい。こんな激情が自分の中にあるとは私も驚きだ。怖くても、幻滅しても、もう逃がせない。諦めなさい」

背後から、首を咬まれた。

痛むほどではないのに、癒すように舐められる。

抱き締めた手が胸に回り、突起を探る。

硬くなった小さな蕾《つぼみ》が指で弾かれ、引っ掻かれる。

「ん……っ」

たった今解放された身体に再び緊張の束縛が訪れる。

身体に力が籠もると、感覚は比例するように敏感になる。

胸の先を弄られているうちに、下半身も反応してくる。

「本当に嫌なら、ここで止める」

意地が悪い。

本当に嫌なわけがないとわかっていて言ってるのだ。

「嫌じゃ……、ありません……。でも……」

「でも？　理由があるなら何でも聞くが？」

「……理由なんて、私にだってわかりませんよ！」

少しキレ気味に叫んでしまう。

「初めてなんですから、何でも訊かれて答えられるわけがないじゃないですか。ただいつもと違うから、襲われてるみたいで……。絶対に負けるってわかるから怖くて……」

「絶対に負ける？」

「傷つけたくない相手に勝てるわけがないでしょう。抵抗できないんですから」

耳元で、小さなため息が聞こえる。

呆れられてしまった？

「殺し文句とわからずに口にしてるところが可愛過ぎて困る」

「はあ？　何を……っ！」

からかわれてると思って怒ろうとした私の耳を彼が軽く咬んだ。

「この先が、私が、怖いと思うのに抵抗しないと約束してくれたのだろう？　誘われているようにしか聞こえない」

「……そういうわけでは」

身体が離れる。

「自分に前世の記憶が蘇った時、自分のいる世界ではないと思うから執着というものがなく、この世界からいつか自分は消えてしまうのではないかと怖かった。だから家族にも、他の者にも、近づくことができなかった。心を許せば互いに失った時の悲しみが大きいと知っているから」

振り向くと、彼が香油の瓶を手にしていた。

「オーガスは、私がいなくても王になるだろうし、私も王を支えたという満足感を得て去ることができるだろうと思えたから側にいた。だがもうここから消えることを不安に思うことはないだろう。この世界には、君がいる。君がいる限り、私はここで生きたい」

背を向けたままの私の腰を捕らえて、夜着の裾を捲り、それを零す。

冷たい液体の感触と甘い香りが鼻に届く。

「なってくれるんだろう？　私を捕らえる鎖に」

「トージュが……、こんなに意地が悪い人だとは知りませんでした」

だって、拒めば『自分はいつか消えてしまうかも』と脅しているのと一緒じゃないですか。

逃げたら、もう手に入らないと言われているみたいじゃないですか。

彼は誠実であろうとして『嫌か』とか『消えるのかもしれない』と口にするのかもしれないけれど、私にとってはそれこそどちらも私をあなたに縛り付ける鎖でしかないって、わかってます？

「う……」

剥《む》き出しの後ろに香油が塗られ、濡れた指先が脚の間から入口を探り始める。

脅されたから、逃げることができない。

背を向けたまま覆いかぶさってくる彼の重みを感じながら、指が侵入を始める奇妙な感覚に耐える。

「力を抜いて」

できるわけがないでしょう。

怖いと言ったじゃないですか。

まるでベッドにしがみつくようにシーツに指を立てる。

指は周囲に零れた香油を纏っては何度も中に差し入れられる。

私が力を込めているから最初は爪の先ほどしか入らなかったものが、だんだんと深く入り込んでくる。

これが香油の効力なのか、自分がその指を受け入れているのか……。

「ふ……っ」

指を動かしながら、トージュは後ろから私の耳に、項《うなじ》に、肩にキスを贈ってくる。

キスは、はだけていた夜着をどんどん剥ぎ取ってゆく。

「エリューン、顔が見たい」

「……いや」

「見たい」

命令のように強く言われて顔を向ける。

潤む視界にいっぱいのトージュの顔。

「……何か訊いたら怒りますよ」

この人なら『いいか？』とか『大丈夫か？』とか訊きそうだから、先んじて言葉を封じた。

「もう……、好きになさったらいいでしょう」

どうせ抵抗できない。どうせ逃げられない。

……どうせ、私だってあなたが欲しいと願っているのだから。

「……あっ！」

許可は得た、と言わんばかりに指が深く差し入れられる。

中で蠢《うごめ》き、内側から私を荒らす。

抜いて、浅いところを探ってはまた奥を求めて入り込み、動く。

何度か、指が当たるとゾクリとする場所があって、その度に肩が震えた。

それに気づいたのか、指がその辺りに留まる。

「ふ……っ、う……」

私は彼に何もしてあげられなかった。彼からも、何も求められない。

受け取るだけの愛撫がくるおしいほど私を溶かす。

身体の芯に埋もれていた疼きが、指で掘り起こされてゆく。

触れられていない場所に何度も痺れが走り抜ける。肩に、背に、脇腹に、内股に、全身に。

その痺れが感覚を鋭敏にさせる。

背に続けられるキスに鳥肌が立つ。

「あ……、や……っ。ん……っ」

声を上げることも我慢ができなくなってしまった。

上げ続けて、口の中が乾く。

「もういいか……」

呟きと共に指が引き抜かれ、朦朧《もうろう》とする私を彼が仰向ける。

夜着はもう僅かに袖が残るだけで、全身が彼の目に晒される。恥ずかしさはあっても、身繕う余裕はなかった。

されるがままに脚を開かされ、その間に彼が身を置く。

指で荒らされた場所に『彼』が当たると、前の時の痛みを思い出して反射的にピクリと身体が震えた。

「あ……」

けれど挿入《そうにゅう》に痛みはなかった。

十分に広げられたからか、香油のせいか。前よりもゆっくりと進んでくるからか。

「トージュ……」

前は呼ぶことのできなかった彼の名前を口にする。

前は彼がシーツから引き剥がしてその身体に回させた手を、自分から求めるように差し出し背に回す。

もうそれが許されるから、しっかりと彼に抱き着いた。

触れ合う肌と肌。

互いの熱が伝わる。

もう遮るものは何もないというように。

彼も私を抱き寄せるから、より深く穿《うが》たれる。

「あ……」

手が、顔にかかっていた私の髪を梳いて整え、そのまま愛おしそうに撫でながら耳に、頬に、口づける。

求め合うという言葉がぴったりだった。

突き上げられる最奥《さいおう》で、欲望の炎が灯る。

与えられる快感に酔いしれて、全身に広がった疼きがより強い快感を求めて彼が進んでくるのを待ち望んでしまう。

この疼きを解放して欲しい。

でないと、内なる炎が出口をなくしこの身を焼き尽くしてしまいそう。

「あ……、あ……トージュ……」

熱が、何もかもを溶かしてゆく。

理性も、羞恥心も、身体の境界も。

中で零れた彼の魔力が熱を加速させる。

抱き合ったままベッドに沈み、彼の手が私の肩をしっかりと掴むと激しく突き上げられた。

「あ……っ！　あ、あ、ぁ……」

今までとは違う短いストロークでの追い上げ。

無意識に彼を締め付けても、動きは止まらないから肉が擦れる。

「や……」

炎が……。

ぶわっと全身に広がる。

「だ…め……っ」

彼に抱き着いていた手から力が抜けて離れてしまいそうになるから、必死で爪を立てたけれどぽとりと落ちてしまう。

繋ぎ止めるものをなくした身体が彼の動きに翻弄される。

弾けるように、炎は火花を散らしながら四散し、絶頂が熱を解放してくれた。

「あ……」

痙攣《けいれん》するように全身をヒクつかせながらも脱力してゆく私を、もう一度深く貫いて彼が放つから魔力による快感が更に私を酩酊《めいてい》させた。

揺蕩《たゆた》うように悦楽に呑まれている私の頬に、彼の手が触れる。

反応することもできずに視線だけを向けた私に、彼が呟いた。

「ゆっくりお休み。悪意からも欲望からも、これからは私が守ろう。肩書など気にせず、自由に生きるといい。立場なら私には強固なものがある。誰にも文句は言わせないさ」

穏やかな声が耳に心地よい。

「エリューンは、ただ笑っていればいい。私の側で」

私を大切にしてくれるという言葉。

魔法使いとしてでも、貴族としてでもなく、何もしなくても側に置いてくれると言ってくれている。

嬉しくて、安堵して目を閉じた。

この人の隣にいれば、自分は自分でいられるんだと。

「本当は君を壊れるほど抱き潰してどこにも行けないようにしたいのだがね……」

……その一言は聞かなかったことにして。


「え？　じゃあエリューンは今、お城じゃなくてトージュの家に住んでるの？」

「ええ。城や魔術の塔にいると年寄りが煩わしいので」

リッカ達と再び顔を合わせたのは、その日から十日も経ってからだった。

私とトージュは翌日エルネストに報告するため城に向かったが、そこで聞かされたのはオーガスが離宮でまだリッカと蜜月《みつげつ》を過ごしているという事実だった。

ちなみに、翌朝私が何事もなく動いているのを見て、トージュは「回復魔法か……」と残念そうに呟いていた。

抱き潰す、などという物騒な下心が本当にあったとしても、これで消えてくれただろう。どんなに酷くされても私は回復できてしまうのだから。

彼に限って、だから酷くしてもいいなどと考えないだろう。……多分。

取り敢えず私は魔力枯渇を起こして療養中、トージュはオーガスの帰還待ちということで、彼の小さな屋敷で二人で過ごした。

酷くはされなかったけれど、こちらが恥ずかしくなるほど甘やかされて……。

そして城からオーガス達が戻ったという知らせを受けて登城した。

以前のように、オーガスの私室に四人が集まったわけだけれど、リッカとオーガス、私とトージュが向かい合って椅子に座るなり、オーガスとトージュは睨み合った。

「リッカが世話をかけたようで」

「お前に言われる筋合いはない」

「リッカは私の弟なんです」

「聞いた。だが前世だろう？　今のお前はもう違う人間なんだから口を出す権利はない」

「それでも、私があの子の兄であったことは事実です。中途半端なことをすればそれなりに対処させてもらいます」

今まで我慢して傍観していたからだろう、トージュは『兄』全開だった。

「それなら言うが、エリューンは俺にとって弟のようなものだ。お前、手を出しただろう」

オーガスの言葉に思わず咳き込んだが、彼の隣にいたリッカまでもが「よかったね」などと言いながら手をヒラヒラと振るものだから、二人を制止することもできなかった。

人知れず気持ちを温めていたつもりだったけれど、もしかしてバレバレだった？

「エルネスト殿下のことでしたら話も聞きますが、エリューンはあなたとは他人です」

「俺は後見だ」

「関係ないですね。あなたの弟はエルネスト殿下一人です」

「それならトージュにいるのは妹だけだろう」

「私はリッカが生まれた時から知ってるんです。あなたはエリューンを生まれた時から知ってるわけではないでしょう」

オーガスが私の保護者然とするのは驚いた。あれでも、私のことを本当に気にかけてくれていたらしい。

「それに、あなたには王に戻って欲しい」

「話が跳んだな」

「王に戻って、私に今回の褒賞を与えてくれないと困ります」

「褒賞？　ああ、領地ナシの侯爵位か」

「いいえ、エリューンです」

自分の名前が出て、私は驚いた。

「エリューンを魔術の塔の縛りから解放できるのは王しかいません。あなたが国王を降りれば国王付きの魔法使いの地位がなくなります。そうなれば魔術の塔が彼を取り込もうとするでしょう。それは許せない」

そんなことを考えていたのか。

確かに魔法使いである限り、王の庇護がなくなれば魔術の塔に縛られることになるだろう。

「……許せない、と来たか」

「私はエリューンを守ると誓った。そのためには一代侯爵の地位も、王の側近の地位も必要だが、何より彼自身を自由にしてあげたい」

それから付け足すようにポソリと言った。

「あなたは王に相応しい人物ですし」

それを聞くと、オーガスは苦笑した。

「お前にそう言われると弱いな」

それから私に視線を向けた。

「エリューン、一番大事なことを訊き忘れていた。お前はトージュでいいのか?」

リッカも私を見た。もちろん、隣にいるトージュの視線も私に向いている。

ここにいる三人は、私を尊重してくれる。私の言葉を待ってくれる。

ならば何も迷うことはない。

「トージュ『が』いいんです。私にトージュを下賜《かし》して欲しいくらいですが、残念ながら彼はあなたに仕えることを望んでます。なので仕方がないから私もあなたに仕えましょう。私達のために、少なくともエルネストの結婚式が終わるまで王に戻られては？　彼にも王になるための猶予《ゆうよ》を与えてもよろしいでしょう？」

「いいじゃん、王様に戻りなよ」

オーガスの悩みを消してくれたのは、リッカだった。

「俺はオーガスに王様辞めて欲しいとは思ってないし、エリューンとトージュには幸せになってもらいたいもん」

「だが王の愛人であるお前には風当たりが強いままだぞ？」

「大して気にならないよ？　もしできるなら双頭政治がいいと思うけど」

「双頭政治？」

「最高権力者が二人いる政治のこと。王様二人は混乱するから、王様はエルネストさんに任せるとしてオーガスはご意見番としてそれを支える。で、俺達は邪魔にならないようにミリアの森に住む。あそこなら何かあった時にすぐに駆けつけられるし、政治的に重要な場所でもないから邪推されないでしょう？」

想像もしていなかった提案に、私とオーガスは目を丸くしたが、トージュは納得したような顔をしていた。

「シャドウキャビネットみたいなものか」

どうやら彼等の世界では現実的な考えらしい。

「オーガスがエルネストの王位を支持するって公言しておけば、権力争いもないだろうし。四人で暮らすのって素敵だと思うよ？」

「……お前には、驚かされるな。いいだろう。エルネストと話し合いはしなくてはならないが、あいつが結婚して子供が生まれるまで、俺は王位に戻ろう。だが子ができたら退く。次代の王が王弟の息子であるより王の息子である方がいい。退位する前に、エリューンはトージュに下賜する。その後はリッカと共に城を出て外からあいつを支えよう。トージュ達は自分の好きにするといい。俺と共に去るのもいいし、残ってエルネストに仕えてもいい」

オーガスの言葉を受けて、トージュがどうしようかという目で私を見た。

「オーガスに付いて行くなら、付いて行けばよろしいでしょう。エルネストに仕えるのならそれでもいい。あなたの望む通りに行動してください。私は、トージュに我慢して欲しくありません。あなたが我慢すると、私にはあなたの気持ちがわからなくなってしまう。あなたの気持ちがわからないと、勝手に悪い方へ考えてしまう。傷つくのが怖いから、最悪なことを考えて不幸に身構えてしまう」

期待して誤解だったと気づいて落胆するより、最悪なことを想定して『ああ、やっぱり』と思う方が楽だから。

あなたが私に好意はあっても愛情は抱かないだろうとか、私なんかより可愛いリッカを選ぶだろうとか。ずっと以前から私を好きでいてくれたなんて、微塵《みじん》も考えたことはなかった。

自惚《うぬぼ》れて、違っていたとわかるのが怖くて。

「だから、正直に、あなたの思うままに行動してください。それが嫌なら、ちゃんと嫌だと言いますから」

目を見て答えると、彼は一つ頷いて私の頬に手を添えた。

「私はオーガスといよう。彼を王にしたいと願っていたから。この男が王座に座っていなくても、すべきことをすると信じているから、それに協力したい。だが君も離したくない。私をずっと繋ぎ留めていて欲しい」

遠慮の見えない言葉に、私は微笑んだ。

「もちろんです。もう逃がすものですか」

もう互いに気持ちを隠すことはないのだから。

「それはこちらのセリフだ」

けれど『我慢しない彼』の行動を予測するには、まだ経験が不足していたのかもしれない。

リッカ達が目の前にいるというのに、彼が私を抱き締めて口づけるなんて、想像もしていなかったのだから。

それこそ遠慮のない、深く、長い口づけをされるだなんて。

こういうことは困ります、人前でキスなんて嫌です、と言いたかったのに……。

ようやく唇を離した嬉しそうに笑う彼の顔を見ると、何も言えなくなってしまった。

「……兄さんのキスシーンを目の前で見るのは複雑」

というリッカの呟きを聞いても。

「トージュは溺愛《できあい》体質か？」

というオーガスのからかうような言葉を聞いても。

私を腕の中から離そうとしない彼に身を任せたままでいた。

恥じらいより、戸惑いより、愛することにも、愛されることにも飢えていた心が満たされている喜びを感じながら。

「……こういうことは二人きりの時にしてください」

と言うのが精一杯だった……。

あとがき

皆様初めまして、もしくはお久し振りでございます。火崎勇《ひざきゆう》です。

この度は『孤独を知る魔法使いは怜悧な黒騎士に溺愛される』をお手に取っていただき、ありがとうございます。

イラストの稲荷家房之介《いなりやふさのすけ》様、素敵なイラストありがとうございます。担当のM様、色々とお世話になりました。

このお話は、既刊の『孤独を知る異世界転移者は最強の王に溺愛される』の同時進行です。重なる部分もあるので、あの時こうだったのかと思って読んでいただけると嬉しいです。

ここからはネタバレありなので、お嫌な方は後回しで。

冬至は、堅物で真面目にお兄ちゃんでした。割と動じないタイプ？

なので、自分が転生者だと気づいても冷静に現状を受け入れていました。

新しい家族のことも好きでしたが、やはり長く生活していた前世の記憶から遺してきた家族のことを想っていました。

だからエリューンのことも最初は立夏の代わりだったのです。両親と兄弟を一度に失った可哀想な子供だと。

でもまあ立夏とは全然違うし、一人で生きていこうと強気なエリューン自身を好きになってしまったのですね。

でもずっとエリューンはオーガスが、オーガスもエリューンが好きなのだろうと誤解していたので拗れてしまったわけです。

誤解もすっかり解けた二人はこれからどうなるのでしょうか？

トージュは前世があるから現世の家族と子供の頃から距離をとっていました。再会できた立夏はリッカとしてオーガスの庇護下に入って自分は不要。

持て余した愛情の全てが、これからは全てエリューンに向かうでしょう。だって、エリューンだけは自分が冬至でもトージュでも関係なく『自分のもの』なのですから。

一方エリューンも孤独でしたから、その愛情を喜んで受け取るでしょう。

けれどエリューンは美貌の魔法使い。その上天才ですからね。

容姿からも才能からも、色々ちょっかい出してくる人間は覆いでしょう。

今までは森の奥に引っ込んでいたから手は出されませんでしたが、リッカのためとトージュといるために城に住むようになると色々と大変なのでは？

貴族としてパーティに出なければならないので令嬢達にも言い寄られるし、王のお気に入りで筆頭魔法使いの彼に娘を嫁がせたい親達にも付きまとわれるでしょう。

トージュも、既に王に全てを捧げるから結婚はしないと宣言してるし、実家は妹の婿に継がせるとも言ってるのに王の側近で護衛騎士という有望株なので同じような感じに。

そのうちトージュはエリューンを伴侶にすると宣言するでしょうが、それでも諦めない人もいるのでは？

普通に言い寄って来る者に対してなら、エリューンは冷淡に、トージュは事務的なシャットアウトするでしょうが、ワルイコトを考えてる連中というのはいるもの。

トージュとオーガスが二人でどっかに視察に行ってる間に、エリューンに一服盛って何とかしようとするヤツとかが出る。魔力封じの道具とか使われて抵抗できなくなったところに助けに入るのは……、リッカかな？　現代で生きてきたリッカにとって強制性交は許し難い重犯罪。刀掴んで飛び込んできてぶった切る。峰打ちですが。

恐ろしいのはトージュ達が戻ってきた後です。

リッカなら峰打ちですが、この世界の刑罰に慣れているトージュは一刀両断しそう。もちろんリッカが止めますが、止まるかなぁ。

そんなことがあると、トージュは片時もエリューンを離さない気が。

エリューンもトージュも意志が強固で態度もはっきりしてるから言い寄られても不安はないんでしょうが、いっそエリューンが記憶喪失になるとか？

忘れられたら、トージュは身を引くんでしょうか？　それとも一度手に入れたエリューンを諦めきれなくてアプローチするんでしょうか？

後者な気はするけれど、苦労しそう。

さて、そろそろ時間となりました。皆様、またの会う日を楽しみに。それでは御機嫌好う。

カクテルキス文庫

Cocktail Kiss Label

好評発売中!!

王宮騎士の溺愛　タカツキノボル画　本体685円+税
妖精王と麗しの花嫁　香坂あきほ画　本体685円+税
いつわりの甘い囁き　すがはら竜画　本体755円+税
ツンデレ猫は、オレ様社長に溺愛される　香坂あきほ画　本体755円+税

◆中原一也
野良猫とカサブランカ　実相寺紫子画　本体591円+税

◆火崎　勇
ランドリーランドリー　有馬かつみ画　本体685円+税
夕闇をふたり　実相寺紫子画　本体685円+税
ホントウは恋のはじまり　タカツキノボル画　本体755円+税
彼と彼との家族のカタチ　金ひかる画　本体760円+税
転生したら聖女じゃなく、騎士侯爵の偽恋人になりました　古澤エノ画　本体760円+税
王弟殿下は転生者を溺愛する　すがはら竜画　本体760円+税
愛さないと言われましたが、やり直したら騎士が溺愛してきます　カトーナオ画　本体760円+税
孤独を知る異世界転移者は最強の王に溺愛される　稲荷家房之介画　本体760円+税

◆日向唯稀
Dr.ストップ　—白衣の拘束—　水貴はすの画　本体600円+税
Bitter・Sweet　—白衣の禁令—　水貴はすの画　本体618円+税
獄中　—寵辱の褥—　タカツキノボル画　本体685円+税

◆妃川　螢
オーロラの国の花嫁　えとう綺羅画　本体573円+税
誑惑の檻　—黒皇の花嫁—　みずかねりょう画　本体630円+税
ラブ・メロディ　—執着の旋律—　せら画　本体648円+税
ラブ・メロディ　—情熱の旋律—　せら画　本体685円+税
王と剣　—マリアヴェールの刺客—　みずかねりょう画　本体685円+税
恋の孵化音　—Love Recipe—　かんべあきら画　本体685円+税
金融王の寵愛　海老原由里画　本体685円+税
禁断ロマンス　朝南かつみ画　本体685円+税
王様のデセール　—Dessert du Roi—　笹原亜美画　本体760円+税

◆藤森ちひろ
愛執の褥　～籠の中の花嫁～　小路龍流画　本体618円+税

◆森本あき
魔王の花嫁候補　～下級魔法使いの溺愛レッスン～　えとう綺羅画　本体685円+税
希少種オメガの憂鬱　立石　涼画　本体685円+税
同棲はじめました。　～子育て運命共同体～　タカツキノボル画　本体755円+税

◆義月粧子
宿命の婚姻　～花嫁は褥で愛される～　みずかねりょう画　本体582円+税
かりそめの婚約者　水綺鏡夜画　本体630円+税
オメガバースの不完全性定理　星名あんじ画　本体685円+税
オメガバースの双子素数予想　星名あんじ画　本体685円+税
オメガバースのP対NP予想　星名あんじ画　本体685円+税
諸侯さまの子育て事情　小禄画　本体685円+税
オメガバースの寵愛レシピ　Ciel画　本体755円+税
闇に溺れる運命のつがい　タカツキノボル画　本体755円+税
箱入りオメガは溺愛される　すがはら竜画　本体755円+税
引き合う運命の糸　～α外科医の職場恋愛～　古澤エノ画　本体760円+税
王族アルファの花嫁候補　小山田あみ画　本体760円+税
運命のつがいは巡り逢う　小山田あみ画　本体760円+税

【電子書籍配信】

◆妃川　螢
不敵な恋の罪　タカツキノボル画　本体857円+税
ワガママは恋の罪　タカツキノボル画　本体857円+税

Cocktail Kiss Label

カクテルキス文庫をお買い上げいただきありがとうございます。
先生方へのファンレター、ご感想は
カクテルキス文庫編集部へお送りください。

〒102-0073　東京都千代田区九段北3-2-5 5F
株式会社Jパブリッシング　カクテルキス文庫編集部
「火崎　勇先生」係　／　「稲荷家房之介先生」係

◆カクテルキス文庫HP◆ https://www.j-publishing.co.jp/cocktailkiss/

孤独を知る魔法使いは
怜悧な黒騎士に溺愛される

2024年6月30日　初版発行

著　者　火崎 勇
©Yuu Hizaki

発行人　藤居幸嗣

発行所　株式会社Jパブリッシング
〒102-0073　東京都千代田区九段北3-2-5 5F
TEL　03-3288-7907
FAX　03-3288-7880

印刷所　中央精版印刷株式会社

ISBN978-4-86669-678-2　Printed in JAPAN